KB166687

숲 - 보기, 읽기, 담기

초판 1쇄 발행 | 2003년 5월 31일
초판 9쇄 발행 | 2014년 7월 4일

글 · 사진 | 전영우
펴낸이 | 조미현

펴낸곳 | (주)현암사
등록 | 1951년 12월 24일 · 10-126호
주소 | 121-839 서울시 마포구 동교로12안길 35
전화 | 365-5051 · 팩스 | 313-2729
전자우편 | editor@hyeonamsa.com
홈페이지 | www.hyeonamsa.com

•지은이와 협의하여 인지를 생략합니다.
•잘못된 책은 바꾸어 드립니다.

•사진자료를 협조해 주신 분들
이수용 (85쪽) | 이원규 (119쪽)
최수연 (126~127쪽) | 가강현 (138쪽)

ISBN 978-89-323-1181-4 03810

숲 보기, 읽기, 담기

숲 보기, 읽기, 담기

글·사진 전영우

현암사

숲을 찾는 당신에게

인간은 자연과 교감할 수 있는 천부의 능력을 지니고 있습니다. 그러나 하루 한 걸음도 흙을 밟지 않는 도시 생활에서, 1년에 한 번도 흙을 만져 보지 못하는 산업 사회에서 그런 능력은 불필요한 것으로 치부되어 차츰 잊혀지고 있습니다. 저라고 예외는 아닙니다.

숲을 찾아다닌 지난 세월에 간절하게 염원했던 일은 자연과의 교감이었습니다. 특히 자연과 교감할 수 있는 정신적 능력과 조화롭게 어울릴 수 있는 감성적 여유를 원했습니다. 그러나 자연과 내가 서로 감응하고, 자연의 질서에 순응함으로써 자연 체험의 즐거움을 얻는 일은 쉬운 일이 아니었습니다.

자연과의 감응은 나와 자연이 딴 몸이 아니라는 자각에서 시작합니다. 나의 들숨에 포함된 산소는 나무의 날숨으로 만들어진 것이며, 나무가 광합성으로 몸체를 불리는 것은 나의 날숨에 포함된 이산화탄소를 나뭇잎의 숨구멍을 통해서 들숨으로 흡수했기 때문이라는 평범한 자각 말입니다. 이런 자각이 심화되고 확장되면 이 세상의 삼라만상이 모두 그물망처럼 촘촘히 연결되어 있다는 깨달음으로 이어지는 것 아니겠습니까?

한데 고요함이나 침묵을 지킬 수 있는 장소를 우리 주변에서 찾는 일 역시 쉽지 않습니다. 산자락에 위치한 캠퍼스도 예외는 아닙니다. 규모를 키워야만 하는 형편 때문에 캠퍼스의 곳곳이 공사장입니다. 수 년째 계속되는 신축 현장에서 들려오는 소음은 일상이 되었습니다.

연구실도 마찬가지입니다.

합리성과 효율을 중시하는 세태답게 컴퓨터가 없는 생활을 상상할 수 없습니다. 공문 열람, 성적 정리, 강의 내용, 연구 업적조차도 모두 인터넷으로 처리하는 시대가 되었으니, 컴퓨터 없는 일상을 상상할 수 없습니다. 그래서 출근과 동시에 컴퓨터를 켜고, 그 모터 소리는 하루종일 귓가를 맴돕니다. 여러 용건 때문에 계속해서 울리는 전화기는 원하지 않는 말까지도 시도 때도 없이 토해 내도록 만들고 또 듣게 합니다.

침묵하는 일은 내적인 고요를 연습하는 길입니다. 어떤 이는 숲 속을 거니는 일을 '고독한 충만감, 관찰과 몽상의 무한함, 예기치 못한 놀라움, 뜻하지 않는 만남이 가득한 행위'라고 정의하기도 합니다. 이런 정신적 충만감은 우리의 근원을 되물을 수 있는 장소에서나 가능한 일입니다.

저는 궁리 끝에 제가 근무하는 캠퍼스를 안고 있는 뒷산 숲을 생각했습니다. 뒷산 숲은 잠깐만 짬을 내면 큰 힘 들이지 않고 쉽게 갈 수 있는 곳입니다.

어느 날 매번 다니던 길이 지루하여 새로운 숲길로 내려오다가 소나무들이 옹기종기 자라고 있는 한적한 장소를 만났습니다. 소나무들로 둘러싸인 그 장소는 우선 조용했습니다. 가끔 솔숲을 지나는 바람소리나 새소리가 들렸습니다. 땀도 식힐 겸해서 솔가리 위에 다리를 펴고 꽤 오랫동안 멍하니 앉아 있었습니

다. 아무런 행위 없이 우두커니 앉아 있는 기분을 여러분은 아십니까? 읽어야 할 책도, 만나야 할 사람도, 해야 할 이야기도, 봐야 할 뉴스도, 들어야 할 음악도 없이 그저 자연 속에 자신을 멍하니 놓아 두었을 때 느끼는 그 자유로움, 그 한적함, 그 편안함을 어떻게 표현해야 할까요?

숲에서 갖는 이런 침묵은 우리의 자아를 되살려 냅니다. 잊고 지내던 자신을 만나는 것이지요. 인간은 흔히 혼자서 걸을 때 자신이 존재하고 있음을 느낀다고 합니다. 그러나 혼자서 걷는 일은 쉬운 일이 아닙니다. 효율과 속도와 진보에 대한 맹신만 접어두면 누구나 할 수 있는 경험이지만 쉬운 일이 아닙니다.

숲에는 편리함이나 안락함은 없습니다. 대신에 자연의 순결함과 원기가 충만해 있습니다. 두 발로 걸어야 다가갈 수 있는 곳, 그래서 때때로 가쁜 숨과 땀방울을 요구하기도 하는 곳이 숲이지요. 그러한 과정을 통해 우리는 자연과의 감응을 확인하게 됩니다. 그리고 일단 자연과의 감응이 이루어지면 우리는 생태학적 상상력을 즐길 수 있습니다. 숲의 수직적·수평적 공간 구조를 헤아릴 수 있는 능력, 숲의 과거와 현재와 미래에 대

해 시간적인 해석을 할 수 있
는 능력은 쉽게 얻어지는 것
이 아닙니다. 숲을 자주 찾아
야 체득할 수 있지요. 그러한
기쁨은 숲을 찾는 사람, 자연
을 읽고자 하는 사람만이 누릴 수 있는 환희이기에 은밀한 즐거
움입니다.

　넉넉하고 풍요롭게 사는 슬기는 작은 것에 행복을 느낄 수 있
는 여유에서 찾을 수 있습니다. 숨가쁜 우리네 일상을 잠시 멈춰
세우고 질주의 마법을 깨뜨려 보지 않으시렵니까? 숲은 광속의
시대에 느림을 대변합니다. 숲은 일상의 짐을 내려놓고 잠시나
마 빈 마음으로 돌아가게 만듭니다. 숲을 찾는 묘미는 바로 그
'느림과 비움'에 있습니다. '느림'과 '비움'의 여유 속에 침잠해
보는 즐거움은 숲을 찾는 사람만이 누릴 수 있는 자유입니다.

　제게는 저만의 숲이 한 군데 있습니다. 아까 말씀드린 캠퍼스

뒷산의 솔가리 자리지요. 여러분도 자신의 숲을 한 번 가져 보시는 것은 어떻습니까? 우선 혼자 있을 수 있는 조용한 장소를 찾으십시오. 주변의 소리에 집중해 보세요. 그리고 소리와 소리 사이의 침묵에 대해서도 귀를 기울여 보세요. 여러분이 찾는 숲이 키가 큰 나무들이 모여 있는 곳이면 더 좋지만, 몇 그루의 나무가 옹기종기 자라는 곳도 좋습니다. 가능하면 도심의 인공적인 소음을 차단하는 장소가 더 좋습니다. 사람의 왕래가 적고, 마음 편하게 앉아서 쉴 수 있어야겠지요.

그런 데가 도시 어디에 있냐고요? 그렇습니다. 찾기 어렵지요. 그러나 이것 한 가지는 말해 드리고 싶습니다. 숲은 찾는 이의 눈에만 띕니다.

여러분이 숲을 찾겠다는 마음만 제대로 먹으면 숲은 곧 보일

겁니다. 숲은 사실 늘 우리 곁에 있으니까요. 숲은 찾는 이에게
만 침묵과 온 우주 자연이라는 크나큰 행운을 줍니다.

그 숲, 여러분의 숲에서 이 책이 작으나마 도움이 될 수 있다
면 기쁘겠습니다.

이 책에는 오감을 통해서 봄·여름·가을·겨울 숲에서 체험
했던 개인적 경험이 실려 있습니다. 자연과 교감하면서 얻은 즐
거움과 깨달음에 대한 내용도 함께 담았습니다. 그리고 에필로
그에 우리 각자가 자연과 교감할 수 있는 방법을 덧붙였습니다.

숲을 통해서 자연과 감응하고, 자연의 질서에 순응함으로써
얻는 교감의 즐거움을 새삼 강조하는 이유는 그것이 자연과 인
간의 공존을 위한 첫걸음이기 때문입니다. 이 책을 세상에 내보
내는 이유도 여기에 있습니다.

2003년 5월

지은이

차 례

春

夏

숲으로 가는 길

숲이 함축하고 있는 의미는 다양합니다. 수풀이 줄어서 된 말인 숲은 문자 그대로 나무와 풀만 무성한 곳을 뜻하는 것은 아닙니다. 전문가들은 숲을 나무나 풀은 물론이고 그들이 자라는 모태인 토양, 그 속을 흐르는 시냇물과 바람, 그 속에 살고 있는 동식물과 미생물을 포괄하는 개념이라고 정의하기도 합니다.

우리의 앞선 세대가 합심하여 지난 30여 년 동안 약 100억 그루의 나무를 심었습니다. 그 결과 일제의 식민지 수탈과 한국전쟁 전후 혼란기를 거치며 헐벗을 수밖에 없었던 우리 숲은 다시 푸르러졌습니다. 세계 문화사를 되돌아볼 때 황폐한 숲을 완벽하게 복구한 예는 흔한 일이 아닙니다. 200여 년 전에 국토를 녹화한 독일과 20세기 후반의 우리만이 이 과업을 달성했다고 해도 과언이 아닙니다. 앞선 세대가 지난 30여 년 동안 쏟은 각고의 노력 덕분에 오늘을 사는 우리는 숲의 귀한 혜택을 입고 있습니다.

하지만 많은 이들이 숲을 보지 못하고 삽니다. 사실 숲은 우리 주변 어느 곳에나 있습니다. 눈길 가는 곳마다 산이 있고, 산이 있는 곳에는 으레 숲이 있으니까요. 그런데도 우리는 그저 무심히 지나칠 뿐입니다. 보고도 보지 못한 게 되는 것이지요.

숲 읽기는 보통 숲의 종류를 구별하는 것에서 시작합니다. 숲은 편의상 자연이 만든 숲(천연림)과 사람이 만든 숲(인공림)으로 나눌 수 있습니다. 또 한 수종으로 만들어진 숲(단순림), 여러 가지 수종으로

만들어진 숲(혼효림), 같은 나이의 나무로 만들어진 숲(동령림), 나이가 다른 나무로 이루어진 숲(이령림)으로도 나눕니다. 그 밖에 기후대에 따라 열대림, 난대림, 온대림, 한대림 등으로도 분류합니다.

난대림은 제주도와 남해안 일대의 따뜻한 곳에서 자라는 녹나무, 동백나무, 사철나무, 후박나무 등으로 이루어진 숲입니다. 한대림은 한라산, 지리산, 설악산 등의 높은 산악 지대에서 생육하는 가문비나무, 분비나무, 주목, 전나무, 잣나무 등이 모인 숲입니다. 이 지역을 제외한 대부분의 우리 숲은 온대림입니다. 온

대림은 참나무류(신갈나무, 갈참나무, 떡갈나무, 졸참나무, 굴참나무, 상수리나무), 밤나무, 단풍나무, 물푸레나무, 박달나무, 거제수나무, 소나무 등으로 숲이 이루어져 있습니다. 이 같은 온대림에 비하

면 난대림이나 한대림은 소
수의 수종으로 숲을 이루고
있습니다.

온대림 중에서 가장 흔한
숲은 소나무 숲입니다. 따라
서 우리 숲에 대한 올바른
이해는 소나무 숲에서 출발해야 된다고 해도 과언이 아닙니다.
숲 읽기에 대한 능력이 향상되면 굽은 나무로만 이루어져 하찮
게만 보아 왔던 주변의 소나무 숲이 새롭게 보이기 시작합니다.
아무리 볼품없는 숲이라도 나름의 의미를 지닌 자연 유산이라는
것을 이해하게 됩니다.

그때쯤부터 숲을 제대로 담을 수 있게 됩니다. 절기에 따라,
시간에 따라 변하는 숲의 아름다움이 눈에 들어옵니다. 숲의 소
리가, 냄새가, 촉감이, 맛이, 색깔이 오감을 통해서 가슴에 쌓입
니다. 바로 숲을 가슴 가득 체험하는 순간입니다. 그래서 숲을

가슴에 담는 일은 인간의 영혼과 자연의 영성을 함께 만나게 하는 일입니다.

숲을 가슴에 담는 일은 숲을 이해하는 일과 다릅니다. 숲 보기와 숲 읽기는 과학적 지식에 근거를 두지만 숲 담기는 개인의 감성에 바탕을 두고 있습니다. 한 사물에 대해 내리는 과학적 해석은 유사합니다만 감성적 체험은 다양할 수밖에 없습니다. 감성적 체험은 개방적이고 자유롭습니다.

숲을 가슴에 담는 일은 어떻게 생각하면 단순합니다. 꼭 올라야 할 봉우리가 있는 것도 아니고 꼭 건너야 할 계곡이 있는 것도 아니며, 꼭 지켜야 할 일정이 있는 것도 아닙니다. 유명한 숲, 아름다운 숲, 명승지의 숲만을 고집할 필요도 없습니다. 단지 자연의 일부가 되어야겠다는 마음가짐, 자연과 교감을 나누겠다는 각오만 있으면 언제나 어디서나 시작할 수 있는 일입니다. 꽉 찬 머리를 적당히 비울 수 있는 정신적 자세와 오관을 활짝 열 정서적 여유만 있다면 언제든지 훌쩍 나설 수 있는 일이 숲 담기이며, 그 대상은 조금만 눈을 들면 보이는 바로 우리 주변의 숲입니다.

2002년 유엔이 정한 '세계 산의 해'를 맞아서 산림청이 제정, 선포한 산림헌장에서는 숲을 다음과 같이 정의하고 있습니다.

"숲은 생명이 숨쉬는 삶의 터전이다. 맑은 공기와 깨끗한 물과 기름진 흙은 숲에서 얻어지고, 온 생명의 활력도 건강하고 다양하고 아름다운 숲에서 비롯된다. 꿈과 미래가 있는 민족만이 숲을 지키고 가꾼다."

겨우내 한껏 움츠려 있던 숲의 식솔이 기지개를 폅니다. 풀잎은 풀잎대로 바쁘고, 나뭇잎은 나뭇잎대로 바빠집니다. 숲 바닥에서 뿜어 나오는 풀내가 싱그럽고 흙내는 구수하기까지 합니다. 대지가 호흡을 시작한 것입니다. 그 대지에 터를 잡고 살아가는 숲의 식솔이 가진 생명력은 놀랍습니다. 짧은 순간에 꽃을 피우고, 잎을 키우고, 향을 만듭니다.

신록을 간질이는 명지바람이 솔밭을 지나갑니다. 보드랍고 화창한 봄바람 따라 솔밭에서 송홧가루가 구름처럼 피어 오릅니다. 청명한 봄 하늘로 피어 오른 송홧가루 구름은 어느 틈엔가 우리 머리 위로 연두색 안개가 되어 내려앉습니다.

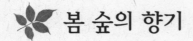 # 봄 숲의 향기

겨우내 한껏 움츠려 있던 숲의 식솔이 기지개를 폅니다. 풀잎은 풀잎대로 바쁘고, 나뭇잎은 나뭇잎대로 바빠집니다. 숲 바닥에서 뿜어 나오는 풀내가 싱그럽고 흙내는 구수하기까지 합니다. 대지가 호흡을 시작한 것입니다. 그 대지에 터를 잡고 살아가는 숲의 식솔이 가진 생명력은 놀랍습니다. 짧은 순간에 꽃을 피우고, 잎을 키우고, 향을 만듭니다.

신록을 간질이는 명지바람이 솔밭을 지나갑니다. 보드랍고 화창한 봄바람 따라 솔밭에서 송홧가루가 구름처럼 피어 오릅니다. 청명한 봄 하늘로 피어 오른 송홧가루 구름은 어느 틈엔가 우리 머리 위로 연두색 안개가 되어 내려앉습니다. 송홧가루 향기가 코끝을 스쳐 지나갑니다. 엷은 송진 냄새가 온몸을 휘감습니다. 솔잎에서 나는 냄새와 다르지 않습니다. 세속에 찌든 영혼까지 청신한 기운으로 씻어지는 듯합니다. 그래서 송홧가루가 휘날리는 5월 솔밭의 향기는 숲을 즐겨 찾는 이만이 누릴 수 있는 축복입니다.

전나무의 송홧가루는 솔숲의 송홧가루보다 조금 이른 때에 만들어집니다. 이때의 전나무 숲 향기도 예사롭지 않습니다만 조금 더 진한 향기는 올 봄에 새로 키운 마디에서 돋아난 연녹색의 바늘잎에서 뿜어 나옵니다. 꺾어진 가지와 떨어진 솔방울에서, 흩날리는 송홧가루에서, 그리고 새잎에서 뿜어 나오는 전나무 숲의 독특한 향기는 테르펜 성분에서 유래한 것입니다. 탄소와 수소가 결합된 테르펜은 식물체의 조직에 들어 있는 정유 성분입니다. 향기로운 휘발성 기름이 바로 테르펜입니다.

전나무나 소나무 숲의 냄새를 독특한 향기, 향기로운 휘발성 성분, 테르펜 등등으로밖에 표현할 수 없는 사실이 안타깝습니다. 봄 숲에서 맡을 수 있는 갖가지 냄새를 짧은 어휘로 표현하기란 정말 쉽지 않습니다. 그에 비하면 수만 가지 색조를 띤 봄 숲의 화사함이나 온갖 소리를 만들어 내는 겨울 숲의 비장함을 표현하기는 그리 어렵지 않을 겁니다.

사람이 감별할 수 있는 냄새의 종류는 40만 가지나 된답니다. 그렇듯 다양한 숲 향기를, 그 감미롭고 청신한 냄새를 제대로 표현할 수 없는 무딘 붓끝이 부끄럽습니다. 아마도 청각이나 미각 또는 시각에 대한 연구는 많아도 후각에 대한 연구가 많지 않기 때문일 거라고 자위해 봅니다.

린네는 식물의 계통을 분류하여 식물마다 고유한 이름을 부여한 사람입니다. 그는 식물이 내뿜는 향의 느낌을 유쾌한 순서에 따라 여섯 가지로 나누었습니다. 방향성 냄새, 향기로운 냄새(향수), 머스크향과 같은 사향 냄새, 마늘과 같은 짜릿한 냄새, 땀에서 나는 고약한 냄새, 그리고 역겨운 냄새로 말입니다.

소나무 숲과 전나무 숲에서 맡을 수 있는 냄새는 유쾌한 순서의 가장 상위에 있는 방향성 냄새입니다. 아까시나무 꽃이나 수수꽃다리 꽃의 향은 방향성 냄새에는 미치지 못하지만 그래도 향기로운 냄새입니다. 산사나무나 밤나무가 꽃을 피울 무렵에는 머스크향과 같은 달콤하면서도 야릇한 냄새를 느낄 수 있습니다. 말씀드리기 민망합니다만 산사나무 꽃에서는 여성의 은밀한 부위 냄새가, 밤나무 꽃에서는 남성의 정자 냄새가 풍기지 않습니까?

아까시나무 숲에서 진한 향기가 흩날리기 시작하면 봄 숲이 만들어 내던 오묘하고 신비로운 향기의 잔치는 절정을 지납니다. 그래서 아마도 사람들은 아까시나무 꽃향기로 계절의 변화를 실감할지도 모릅니다. 송홧가루를 털어 낸 솔숲이 내뿜는 송진 가득한 냄새는 물론이고, 건강한 바늘잎이 뿜는 전나무 숲의 방향성 냄새도 차츰 사라집니다. 그리고 참나무 숲이나 그 밖에

넓은잎나무들이 모여 사는 숲 속을 지나는 바람에서 자연의 순한 체취도 엷어져서, 이제는 그저 밋밋한 풋내만 코끝을 스치게 됩니다.

이 글을 쓰는 지금은 계절의 여왕, 5월입니다. 5월의 숲에서는 향기의 제전이 열립니다. 자, 어디부터 나서시렵니까? 전나무 숲? 아니면 소나무 숲? 아까시나무가 꽃을 피울 때까지 기다리는 것도 괜찮습니다. 어느 곳을 선택하든 여러분의 자유입니다만, 숲이 내는 향기에도 품격이 있다는 사실을 다시 한 번 상기시켜 드립니다.

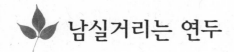 남실거리는 연두

봄 숲의 표정은 하루가 다릅니다. 꽃눈과 잎눈으로 혹독한 겨울을 보낸 나무들의 변신은 은밀하게 시작됩니다. 사실 봄 숲의 변화는 잎을 피우기 전부터 시작됩니다. 해빙과 더불어 물이 오른 줄기들의 힘찬 몸짓으로도 숲의 변화를 느낄 수 있습니다.

버드나무와 수양버들에 물이 오릅니다. 다른 나무들의 잎이 아직 꿈쩍도 하지 않을 때, 버드나무와 수양버들은 남 먼저 회색 세상에 연두색 줄기로 희망의 소식을 전합니다. 버드나무 다음으로 자작나무, 느티나무, 벚나무, 단풍나무, 참나무, 회화나무가 뒤를 따릅니다. 가장 뒤늦게 느림보 층층나무가 잎을 피우면서 봄 숲이 펼치는 색의 향연에 동참합니다.

물 오른 연두색 줄기는 녹색 세상이 멀지 않았음을 알리는 신호입니다. 여린 잎을 해마다 세상 밖으로 내보내는 나무들의 연례 행사를 생각하면 우주의 리듬을 재현하는 그 생명력이, 그리고 한순간에 피워 내는 그 생산력이 부럽습니다.

나무들의 꽃눈과 잎눈은 갖가지 색을 가졌습니다. 꽃잎이나 이파리를 품고 있는 꽃눈과 잎눈이 조금씩 굵어지고 벌어지면서 봄 숲의 색은 변합니다. 누가 봄 숲을 연두색 또는 녹색 천지라고 이야기했습니까?

꽃을 피우고 잎을 틔우기 위해서 조금씩 꽃망울과 잎망울을 키워 가는 일은 색색가지의 파스텔을 제각각 준비하는 일과 다르지 않습니다. 그래서 봄 숲은 먼저 색감의 배합을 기다리는 거대한 팔레트가 됩니다. 봄 숲의 아름다움은 이처럼 변화하는 색에서 찾을 수 있습니다. 수십 종류의 나무들이 제각각 다른 색조로 꽃눈을 틔우고 잎눈을 틔운 봄 숲의 정경은 자연만이 연출할 수 있는 한 폭의 파스텔 그림입니다.

꽃망울이 터집니다. 잎눈이 벌어집니다. 마침내 봄꽃이 숲을 장식합니다. 그 현란한 변신은 날아갈 듯이 가벼우면서도 화사한 봄옷을 매일 바꾸어 입는 쇼 윈도의 마네킹을 연상하면 너무 식상할까요? 차라리 아름다운 파스텔 그림들이 하루 단위로 새롭게 전시되는 화랑을 생각하는 것이 더 적확한 표현일까요?

하긴 그렇습니다. 온갖 나무가, 온갖 풀이 한꺼번에 꽃을 피우고 싹을 틔운다면 봄 숲의 정경은 오히려 밋밋할지도 모릅니다. 자연의 미덕은 서두르지 않는 데에 있습니다. 절기에 따라 차례를 지킬 줄 아는 그 절제가 놀랍습니다. 그래서 봄의 전령이, 생강나무의 노란 꽃이 거대한 자연의 화폭에 먼저 희망의 색, 역동의 기운을 표현하는 것은 숲을 지키는 모든 식솔에게 능력껏 각자의 색감을 준비하라는 당부 같은 것인지도 모릅니다.

숲머리에 앉아서 숲바다를 바라봅니다. 겹겹이 펼쳐진 능선은

숲의 바다를 헤쳐 온 녹색의 파도입니다. 연두색의 능선은 파도의 머리입니다. 그리고 골짜기의 그늘 속에 잠긴 녹색은 파도의 뿌리입니다. 온갖 연두색이 남실거리는 숲바다를 생각하면 봉우리에 자리잡은 숲머리를 찾는 걸음이 아무리 힘들어도 포기할 수 없습니다.

나는 취합니다. 오관으로 전해 오는 색의 향연에, 웅웅거리는 벌레소리와 야단스럽게 지저귀는 새들의 합창에, 그리고 산들거리는 미풍 속 감미로운 향기에 취합니다. 감각 기관을 한껏 열고 누구보다 먼저 희망의 소식을 가슴에 담습니다.

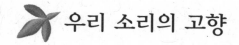# 우리 소리의 고향

숲을 지나는 바람소리가 새롭습니다. 얼굴을 스쳐 가는 남실바람이 이제 꽃샘추위까지 물러났다고 은은히 속삭입니다. 가지 끝에서 평생 소곤거리기만 할 것 같던 참나무의 마른 잎들도 생명이 부활하는 봄을 피할 수 없습니다. 겨우내 마른 잎을 떨어트리지 못하던 참나무들이 만들어 내던 독특한 겨울 숲 소리는 더 이상 들을 수 없습니다.

숲이 만들어 내는 소리는 제 각각입니다. 계절에 따라 다르고, 숲의 위치에 따라 다르고 자라는 나무의 종류에 따라서도 다릅니다. 순하고 부드럽게 부는 솔솔바람이나 가늘고 약하게 부는 실바람은 봄 숲에서 만날 수 있는 소리의 원천입니다. 꽃잎을 떨어뜨리는 봄 숲의 명지바람은 햇병아리의 노란 털처럼 보드랍고 따뜻하며 편안합니다. 하지만 이들 봄바람이 만드는 봄 숲의 소리를 모두 듣는 건 쉽지 않습니다. 꽃눈과 잎눈을 간질이는 이들 바람에 봄 숲의 웃음소리는 요란하지만 안타깝게도 우리들 귀에는 들리지 않습니다. 꽃눈이 터지고 잎눈이 벌어지는 소리라도 들을 수 있다면 얼마나 좋을까요? 조금이라도 자연의 소리에 익숙한 사람은 새털 같은 바람의 소리조차 놓치지 않을 텐데 말입니다. 그렇지 않은 이들에게는, 짝짓기를 준비하는 '쿠-쿠루-쿠쿠' 또는 '데데 뽀-뽀, 데데 뽀-뽀' 하는 멧비둘기 소리나 '쯔쯔삐이 쯔쯔삐이' 하는 쇠박새의 울음소리가 오히려 봄 숲의 소리로 도드라지지요.

장대비 쏟아지는 여름 숲 소리는 고향을 떠올려 줍니다. 빗줄기가 숲 속의 온갖 넓은잎나무 위로 후드득후드득 떨어지면서 만드는 화음은 고향의 안온함으로 젖어들게 합니다. 고향에 얽힌 갖가지 향수를 불러냅니다.

신록 아래로 흐르는 개울물에 발 담그고 온갖 시름 씻겨 보낸 때가 언제입니까? 여름 숲을 가로질러 괄괄 흘러가는 계곡물 소리는 여름 숲의 축복입니다. '졸졸', '골골', '쿨쿨' 거리는 소리에 싫증을 느낄 수 없습니다. 오히려 자장가처럼 편안하게 들리지요.

가을 숲 소리는 단풍의 현란함 덕분에 쉬 귓가에까지 내려앉지 않을지도 모릅니다. 그러나 풀벌레의 합창을 생각하면 숲 찾는 이만이 누릴 수 있는 또 다른 즐거움을 찾을 수 있습니다.

겨울 숲의 소리는 꽃잎이 만들어 내는 봄 숲 소리나 습한 비바람이 만들어 내는 여름 숲 소리나 현란한 단풍잎에 묻혀 버리는 가을 숲 소리와는 본질적으로 다릅니다. 봄·여름·가을 숲이 만들어 내는 화사하며 안락하고 현란한 화음은 비록 없을지라도 겨울 숲 소리는 또 그대로 좋습니다. 회색빛 겨울 숲이 다양한 표정을 연출한다고 주장하는 이유는 완급과 고저가 다른 여러 독특한 소리가 있기 때문입니다.

숲이 만들어 내는 소리는 자연의 소리입니다. 자연의 소리는 지친 뇌를 쉬게 해줍니다. 솔바람소리, 시냇물 흐르는 소리, 새소리를 접하면 α뇌파가 나와 잡념을 없애고 정신을 하나로 통일시키며, 무념무상의 경지로 이끕니다. 숲은 우리 조상이 수천 년 동안 들어 왔던 우리 소리를 여전히 간직하고 있습니다. 오직 숲만이 우리 소리의 원래 모습을 그대로 담고 있는지도 모를 일입니다.

숲이 만드는 다양한 소리가 우리 주변에 지천으로 널려 있습니다만 아쉽게도 오늘 우리는 쉽게 접할 수 없습니다. 우리는 원하는 때, 원하는 소리를 듣는 데 익숙해져 있습니다. 컴퓨터 자판 하나만 두드리면, 스위치 하나만 올리면 온갖 소리를 불러낼 수 있습니다. 하지만 숲이 만드는 소리, 자연이 창조하는 소리는 우리가 원한다고 해서 만들어 낼 수 없습니다. 기다려야 하고 기

다릴 줄 알아야만 즐길 수 있습니다. 새가 지저귈 때까지, 비가 올 때까지, 바람이 불 때까지, 그리고 숲이 커 갈 때까지 기다릴 줄 알아야만 숲의 소리, 자연의 소리를 즐길 수 있습니다.

 흙 내음

봄 숲의 생동하는 기운은 흙내로도 느낄 수 있습니다. 그래서 봄 숲의 체험은 숲 바닥에서 시작해도 좋습니다. 숲 바닥의 흙내를 맡기 위해선 우선 지난 가을에 떨어진 낙엽과 아직도 이파리 형체가 남은 낙엽 부스러기를 걷어 낼 필요가 있습니다. 그 다음 한 움큼의 검은 토양을 집어서 코끝으로 가져가면 지금껏 상상하지 못했던 새로운 경험이 우리를 맞습니다. 구수하다고 할까요, 아니면 풋풋하다고 할까요. 표현하기 힘든 경이로움이 코끝을 맴돕니다.

자연의 냄새를 품고 있는 숲 바닥의 흙은 하루아침에 만들어 지지 않습니다. 바위를 이루는 암장이 풍화되어 1cm의 흙으로 변하기 위해서는 몇 천년이 걸리기도 합니다. 스펀지처럼 숲 바닥에 쌓여 있는 1cm의 산림 토양이 형성되는 데도 수백 년이 걸리지요. 수천 년 수백 년 세월 동안 자연의 향기를 품고 있는 숲의 흙은 생명의 모태이며 우리 고유한 냄새의 보고입니다.

숲의 종류에 따라 숲 바닥 흙내도 다릅니다. 바늘잎나무들과 넓은잎나무들이 간직한 향기가 다르듯이 숲이 간직한 흙내도 다릅니다. 소나무 숲 바닥의 흙내는 솔잎이 분해되면서 만들어 내는 방향성 물질 때문에 감미로우면서도 상긋합니다. 반면에 넓은잎나무들이 자라는 숲 바닥 흙내는 조금은 텁텁하면서도 어떤 때는 비릿하기도 합니다. 넓은잎나무의 잎은 보통 휘발성 물질을 함유하지 않기 때문에 낙엽 속에는 여러 종류의 미생물이 보다 왕성하게 활동을 하고 있습니다. 그래서 넓은잎이 바늘잎보다 더 빠르고 더 쉽게 흙으로 되돌아갑니다.

숲의 나이도 숲 바닥 흙내에 영향을 미칩니다. 오래된 숲은 해마다 싹을 틔우고 낙엽을 수백 년 수천 년 동안 떨구어 왔으므로 숲 바닥 흙이 안고 있는 냄새도 세월의 두께만큼이나 복잡 미묘합니다. 반면에 갓 만들어진 숲의 흙내는 그저 신선합니다. 좀 단순하다고 할까요.

몇 해 전 봄이었습니다. 여성 문인들과 함께 경기도 용문산 뒤편에 위치한 산음 자연휴양림을 찾았습니다. 저한테 부여된 임무는 그들과 함께 미리 준비된 탐방 코스를 거닐면서 우리 숲의 소중함에 대한 이야기를 나누는 것이었습니다. 신록 속을 거닐다가 쉬는 틈을 이용해서 저는 엉뚱한 제안을 하였습니다. 숲 바닥에 앉아서 흙내를 한 번 맡아 보라고 말입니다. 갑작스런 제안에 당혹해 하던 문인들도 저의 시범에 따라 모두 흙내 맡기에 동참하였습니다. 머뭇거리면서 맨손으로 흙을 움켜 쥘 때 얼굴에 나타났던 마땅찮은 표정들은 흙 냄새를 맡자마자 바뀌었습니다. 그리고 아! 하는 탄성이 곳곳에서 울려 나왔습니다. 아마도 기억

저편의 고향 냄새가 자연으로 향한 본성을 불러냈기 때문은 아닐까요?

그렇습니다. 사람은 어떤 냄새를 맡고 나면 그것을 분석하고 말로 표현하기 전에 우선 즉각적인 반응을 한다고 합니다. 흙 냄새의 신선함과 경이로움을 문인들은 아! 하는 탄성으로 표현하였던 것입니다. 어떤 아름다운 묘사보다도 즉각적이며 진솔한 것이었지요.

숲 탐방 행사 후, 몇 분이 조용히 저를 찾아왔습니다. 그리고 아주 진지하게 말했습니다. "흙 냄새를 맡고는 눈물이 핑 돌았다.", "소설을 쓰고 있는데, 흙 냄새의 경험을 꼭 포함시키고 싶다. 우리 나라 어느 숲에서나 이런 냄새를 맡을 수 있느냐?", "흙 냄새가 잊고 있던 고향을 상기시켜 주었다."는 차분한 고백에 저는 즐거웠습니다. 그분들께 저는 이렇게 말했습니다.

"누구나 쉽게 체험할 수 있는 우리 향기지만, 오늘날 모두 잊고 살지요."

흙내가 고향을 상기시켜 주는 이유는 냄새가 기억을 이끌어 내기 때문입니다.

미국 모넬화학감각연구센터의 레이츨 하르츠 박사의 냄새 기억에 대한 실험은 흥미롭습니다. 그는 실험 대상자들에게 어떤 그림을 향기와 함께 감상하도록 한 후, 다시 향기만을 맡게 했습니다. 그 결과 향기와 함께 그림을 봤던 사람들이 오직 그림만 봤던 사람들에 비해 감상 당시의 느낌을 훨씬 더 잘 기억해 내는 사실을 확인했습니다.

나이를 먹을수록 흙내가 나는 시골 생활을 염원하는 이유도, 잊고 살았던 자연으로 복귀하고픈 본성 때문은 아닐까 싶습니다. 사람은 자연과 교감할 수 있는 정신적 능력은 물론이고, 자연과 조화롭게 어울릴 수 있는 감성적 여유도 천부적으로 물려받았습니다. 자연과 유리된 삶을 영위해야 하는 산업 문명의 속성 때문에 그 천부적 능력과 감각이 결핍되거나 상실되었습니다. 우리 자신이 자연 질서의 한계 안에서 살아야 한다는 엄한

가르침이지요. 숲 바닥에서 나는 흙내로 다시 한 번 나의 뿌리,

인간의 위치, 자연계의 순환 질서를 생각해 봅니다.

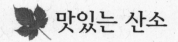 ## 맛있는 산소

심호흡을 합니다. 허파꽈리가 한껏 부풀게 숲의 공기를 들여 마십니다. 그리고는 밑바닥의 찌꺼기까지 뱉아 내듯이 내쉽니다. 눈가엔 눈물이 고입니다. 싱그러운 공기, 대기의 순수함. 마음이 안정됩니다. 살아 있다는 사실이 즐겁습니다. 삶의 가장 근본적인 명제, 숨쉬기의 즐거움을 다시 한 번 느낍니다.

숲 공기는 시간에 따라 다릅니다. 숲의 정령들이 밤새 놀다간 여운이 남아 있는 새벽 공기는 조금은 무겁지만 서기가 어려 있습니다. 새들의 합창이 숲의 정적을 깨는 아침 공기는 싱그럽습니다. 쾌활하지요. 햇볕으로 달구어진 한낮의 공기는 습습하며, 바람이 놀다간 오후 공기는 부드럽습니다. 땅거미가 깔리는 저녁 공기는 아스스한 느낌을 주지요. 그러나 사실 저는 시간에 따른 숲 공기의 느낌을 정확하게 나타낼 어휘를 옳게 불러낼 수가 없습니다. 숲의 향기와 마찬가지로 그 청량한 공기의 맛을 서술한다는 것 자체가 위험한 발상인지도 모르겠습니다.

숲 공기의 맛은 장소에 따라, 자라는 나무 종류에 따라, 그리고 계절에 따라서도 다릅니다. 고산 사막 지대의 소나무 숲에서 느낀 부드럽고 메마른 공기의 맛, 온대우림에서 느낀 습습하고 습한 맛, 매서운 된바람이 휘몰아치는 겨울 숲에서 마시는 찬 공기의 맛, 찌는 듯이 무더운 장마철에 들이키는 습한 맛……

공기를 감각적으로 들여 마신 기억은 시에라네바다 산맥의 자이언트 세쿼이어 숲에서 시작합니다. 해발 2,000m의 공원 내 숙소에서 하룻밤을 묵고, 거목들의 왕국에서 들이킨 새벽 산책길 공기는 10여 년이 지난 지금까지도 새롭습니다. 키 80m 이

상의 거목들이 밤새 뿜어낸 새벽 기운이 정령처럼 온몸을 감쌌습니다. 서기를 머금은 그 새벽 기운은 몸 구석구석으로 퍼져 나갔습니다. 정신까지도 맑아졌습니다.

강원도 월정사의 전나무 숲이나 준경릉의 솔숲에서의 겨울철 심호흡도 잊을 수 없습니다. 찬 아침 공기는 푸른 숲이 내뿜는 서기로 충만해 있었습니다. 세태에 찌든 심신이 절로 정화되었습니다.

숲 속 공기는 대도시보다 최고 200배나 맑습니다. 숲 속 식물들이 대기 중에 떠다니는 각종 오염물질 알갱이를 흡착하여 정화하기 때문입니다. 농경지가 먼지를 흡착하는 능력을 1로 보았을 때 잔디밭은 그의 2배, 키 작은 나무로 이루어진 덤불 숲은 20배, 그리고 울창한 숲은 농경지의 200배에 이릅니다. 공업 지대의 먼지 알갱이 수는 숲에 비하여 250~1,000배 더 많고, 대도시는 50~200배 더 많습니다.

숲의 공기와 도시의 공기가 다른 점은 피톤치드와 테르펜의 존재 유무에서도 찾을 수 있습니다. 식물은 다른 미생물로부터 자기 몸을 방어하고자 식물성 살균 물질(피톤치드)을 발산합니다. 숲의 식솔들이 방출하는 이 살균성 물질은 공기 중의 세균이나 곰팡이를 죽이고, 나무에게 해로운 곤충의 활동을 억제합니다.

테르펜은 식물체의 조직 속에 들어 있는 정유 성분을 말합니다. 편백, 화백, 잣나무, 소나무 등 바늘잎나무에 많이 들어 있는 이 성분은 마음을 안정시키고 스트레스를 없애 줍니다. 그래서 여러 가지 병을 예방하는 효과를 지녔다고 합니다. 숲 공기가 바로 보약인 셈이지요.

숲 공기 중에 있는 음이온도 인체 조직과 정신 상태에 긍정적인 영향을 끼친다고 합니다. 음이온은 폭포, 계곡의 물가, 분수 등 물 분자가 격렬하게 운동하는 곳이나, 소나무·삼나무 등 바늘잎나무로 이루어진 숲에 많이 있습니다. 음이온은 우리 몸의 자율 신경을 조절하고 진정시키며 혈액 순환을 돕는 등 건강 유지와 문명병 치료에 대단히 효과적이라 합니다.

초록의 공기를 뒤집어쓰고 마시는 일(green shower), 산림욕은 이렇듯 몸과 마음을 건강하게 해줍니다. 그에 더하여 숲은 우리에게 보다 근원적인 깨달음을 전해 줍니다. 숲과 내 자신이 다른 몸이 아니라는 것이지요. 내 들숨 속의 산소는 바로 나무들이 만든 것이며, 내 날숨 속의 이산화탄소는 나무들의 식량이 된다는 뿌듯한 자각. 숲에서 맛보는 공기를 통해서 우리는 모두가 하나임을 새롭게 깨닫습니다.

여름 숲에서 가장 쉽게 만나는 것은 안개입니다. 자욱한 안개는 여름 숲을 신성한 공간으로 바꿔 줍니다. 형상이 뚜렷하지 않은 나무들이 버티고 선 숲을 대하면 어느 틈에 신들의 공간에 들어와 있는 듯합니다. 그렇습니다. 하늘로 뻗어 있는 아름드리 나무줄기는 신전의 거대한 기둥과 다르지 않습니다. 아마 이런 느낌 때문에 게르만 민족은 숲이라는 단어를 성소(聖所)라는 개념으로 사용한 건 아니었을까요?

숲길에 맺힌 이슬은 도시에서는 경험해 볼 수 없는 즐거움입니다. 거미줄에 매달린 영롱한 이슬에 눈맞춤 한 적이 언제입니까? '더 높이, 더 많이, 더 빨리'를 요구하는 일상의 삶을 잠시 접어 두고 자연의 순수함 에 몰입해 본 적이 언제입니까?

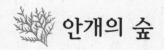 # 안개의 숲

여름 숲에서 가장 쉽게 만나는 것은 안개입니다. 자욱한 안개는 여름 숲을 신성한 공간으로 바꿔 줍니다. 형상이 뚜렷하지 않은 나무들이 버티고 선 숲을 대하면 어느 틈에 신들의 공간에 들어와 있는 듯합니다. 그렇습니다. 하늘로 뻗어 있는 아름드리 나무 줄기는 신전의 거대한 기둥과 다르지 않습니다. 아마 이런 느낌 때문에 게르만 민족은 숲이라는 단어를 성소(聖所)라는 개념으로 사용한 건 아니었을까요?

숲길에 맺힌 이슬은 도시에서는 경험해 볼 수 없는 즐거움입니다. 거미줄에 매달린 영롱한 이슬에 눈맞춤한 적이 언제입니까? '더 높이, 더 많이, 더 빨리'를 요구하는 일상의 삶을 잠시 접어 두고 자연의 순수함에 몰입해 본 적이 언제입니까?

풀섶에 맺힌 이슬이 떨어집니다. 신발이 젖고 바짓가랑이가 젖어듭니다. 그뿐 아니지요. 이슬은 소매 깃을 적시고 마침내 윗도리까지 적십니다. 찬 기운이 온몸에 스며듭니다. 조금씩 젖어드는 새벽 이슬에 몸을 맡겨 보는 건 새로운 경험입니다. 산성비라 하여 비조차 마음 놓고 맞지 못하는 요즘에는 더욱이 그렇지요. 신발이 젖어드는 것을 두려워 마세요. 옷을 버린다고 안타까워하지 마세요. 좀 젖으면 어떻습니까? 젖은 신발과 옷 때문에 전해 오는 한기를 두려워 마십시오. 양팔에 돋는 소름을 오히려 한 번 즐겨 보십시오. 말로는 단 한 음절인 '숲'이 간직한 여러 의미 중 하나를 경험하는 순간입니다.

녹색 공기의 청신한 맛을 새롭게 느낄 수 있는 녹색바람은 여름 숲의 독특한 진면목입니다. 계곡을 따라 내려온 바람이 견고

한 녹색으로 물든 여름 숲을 지난다고 상상해 보십시오. 계곡을 따라 흐르는 물길에서 음이온을 가득 빨아들이고, 녹색 잎이 뿜어낸 산소를 머금고, 피톤치드로 무장한 바람이 숲 속을 가로지른다고 상상해 보세요. 그 청량한 바람을 한 번이라도 맛보면 계절에 따라 다른 모습을 간직한 숲의 신비를 엿볼 수 있을 것입니다.

여름 숲에서 맛볼 또 하나의 즐거움은 숲 계곡 물에 발을 담그고 물소리를 듣는 일입니다. 물을 만난 내 몸의 감각을 즐깁니다. 발가락 사이로 선들거리면서 빠져나가는 흐르는 물의 촉감, 종아리를 어루만지면서 바쁘게 흘러가는 개울물의 애무. 신체의 일부분이 물과 접촉한다는 사실만으로도 행복합니다. 여럿이 어울려 풍광 좋은 계곡을 찾아 발을 씻던 옛 선비들의 탁족(濯足)을 떠올려 봅니다.

가슴속에 전해지는 물소리는 시간에 따라 다릅니다. 한낮에 듣는 물소리보다 새벽이나 밤에 듣는 물소리가 훨씬 더 가슴을 파고듭니다. 계곡물 소리는 변함없는데 이렇게 낮과 밤이 다른 이유는 아마도 낮에는 눈에 띄는 수많은 대상물로 인해서 우리의 신경이 분산되기 때문일 것입니다. 따라서 흐르는 물소리에 속된 마음을 정화하려면 새벽이나 밤중이 더 좋습니다. 이때에는 온 신경을 물소리에 집중시킬 수 있고, 그래서 더 쉽게 우리의 마음을 순화할 수 있지요. 머릿속 때묻은 욕망을 흘려 보냅니다. 콜콜, 졸졸거리고, 쿨쿨, 콸콸대면서 흐르는 물소리에 온갖 번뇌를 띄워 보냅니다.

흐르는 물소리는 마음 상태에 따라 다르게 들린다고 합니다. 우리가 처한 상황이 어렵고 곤궁하면 계곡물의 소리는 처량하고 쓸쓸하게 들리고, 처한 상황이 밝고 즐거우면 계곡물 소리는 맑고 아름다운 소리로 들린다고 합니다. 똑같은 계곡물 소리가 심상에 따라 이렇게 갖가지로 변화를 일으킨다는 사실을 인식하면, 인간의 마음자락이 얼마나 중요한지 새삼 깨닫게 됩니다.

맨발로 걷는 숲길

교양 과목을 수강하는 대학생들에게 뒷산 숲길을 맨발로 걷고, 느낀 소감을 써 내라는 엉뚱한 과제를 내주었습니다. 세상에 이런 과제가 어디 있느냐는, 불만에 찬 웅성거림이 길었습니다. 자연과 접촉하지 않고도 살아가는 데 아무런 불편함이 없는 학생들에게, 더 효과적인 자연 체험 방법을 제시하지 못하는 제 스스로가 부끄러웠지만 그보다 뾰족한 수도 없었습니다.

저는 60명의 학생을 데리고 뒷산 숲으로 들어갔습니다. 앞장을 선 선생이 신을 벗고 양말을 벗고 맨발로 거닐 채비를 하는데 학생들이 별수 있겠습니까? 매니큐어를 곱게 바른 예쁜 발도 있었고, 무좀 걸린 평발도 있었고, 양상군자처럼 큰 발도 있었습니다만 모두가 샌들을, 운동화를, 구두를 벗었습니다. 양말도 스타킹도 벗었습니다.

발바닥에 상처가 나면 어떻게 합니까? 씻을 장소가 마땅찮은데 어떻게 발을 씻습니까? 여전히 볼멘 소리가 없지 않았지만 저는 반시간 정도를 그저 묵묵히 걸었습니다. 화강암이 풍화되어 굵은 모래알이 깔린 마사토 길도 걸었고, 솔가리가 깔린 솔숲 길도 걸었고, 햇볕에 달구어진 바위 길도 걸었습니다. 그리고 낙엽 수북한 숲 바닥도 거닐었습니다.

그 후 저는 학생들이 제출한 과제물을 읽고 놀랐습니다. 세상에 태어나서 처음 흙을 밟아 보았다는 고백이 있었습니다. 맨발로 걷는 것에 얼마나 큰 용기가 필요했는지를 솔직히 말한 학생도 있었습니다.

저는 이런 일을 자주 꾸밉니다. 저와 함께 숲을 찾는 분들께는 남녀노소 가리지 않고 맨발로 한 번 걸어 보게 하니까요. 이 글을 읽는 여러분은 맨발로 한 번 걸어 보신 적이 있습니까? 있다면 언제였습니까? 그 길은 어떤 길이었습니까? 여름 해수욕장의 모래사장은 아니었습니까? 산길이나 숲길을 걸어 보신 적은 없습니까? 맨발로 숲 바닥을 걷는 즐거움에 대해 조금 더 이야기하겠습니다.

한여름 폭염이 계속됩니다. 한낮의 볕이 따갑습니다. 숲길도 적당히 달구어졌습니다. 온몸에 칙칙 감기는 습한 기운도 계절을 만나 한참입니다. 몸뚱어리에 걸친 날개옷도 버거워집니다. 어디 옷뿐이겠습니까? 신발조차 버거워지지요. 자, 이제 바지를 걷어 올리고 신발을 벗습니다. 순간 발바닥에 전해져 오는 감촉. 고무창과 안창과 깔개창과 양말을 거쳐서 겨우 느껴지던 무딘 감촉 대신에 살아서 펄쩍펄쩍 뛰는 생선을 만지는 것처럼 숲 바닥의 감촉이 생생하게 전해져 옵니다. 그것은 일종의 전율입니다. 발꿈치, 발바닥, 발부리, 발샅, 발허리를 어루만지는 감촉이 살아납

니다. 숲길의 종류와 상태에 따라 느껴지는 감각의 부위나 강도
는 다릅니다. 어떤 길에서는 발바닥의 감촉이 최고이고, 어떤 때
는 발부리나 발샅에 전해지는 은밀한 촉감에 전율합니다.

봄가뭄이 아주 심하게 계속될 때 숲 바닥을 밟는 기분은 묘합
니다. 숲 속일지라도 사람이 다니는 길은 버석 말라 있습니다.
맨발을 디딜 때마다 퍼석거리는 먼지가 발등을 덮습니다. 입자
굵은 마른 모래알들이 발가락 사이에 끼는 감촉은 바닷가에서
느끼던 감촉과는 또 다릅니다. 단단한 숲 바닥에 깔린 굵은 모래
들이기에, 그리고 아직은 봄볕이라 한낮에도 숲 바닥을 데울 만
큼은 아니기에 차가운 느낌조차 듭니다.

한낮의 땡볕에 달구어진 바위 길을 맨발로 걷는 일은 조금 고
통스럽습니다. 그러나 한 번쯤은 시도해 볼 만합니다. 화끈거리
는 발바닥의 감각이 머리끝까지 전해지는 그 느낌을 어떻게 표
현해야 할까요? 이끼가 많은 계곡 길을 맨발로 걸으면 양탄자를
밟는 느낌이 듭니다. 낙엽이 많은 큰키나무들의 숲 바닥을 걸을

때는 폭신한 스펀지를 밟는 것 같습니다. 봄이 채 오지 않은 늦겨울에 숲길을 걸으면서 느낀 동토의 고통은 권해드리고 싶지 않군요. 어지간한 용기가 아니면 시도하기 어렵거든요.

숲 바닥을 걷는 즐거움으로 속도를 늦춘 소박한 삶을 얻을 수 있습니다. 프랑스의 철학자이자 작가인 피에르 쌍소는 『느리게 산다는 것의 의미』에서 이렇게 말합니다.

"느림은 빠른 속도로 박자를 맞추지 못하는 무능력이나 게으름을 뜻하는 것이 아니다. 시간을 급하게 다루지 않고, 시간의 재촉에 떠밀리지 않으면서 나 자신을 잃어버리지 않는 능력을 갖는 것이다."

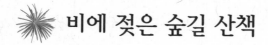 비에 젖은 숲길 산책

숲길에서 온몸으로 비를 한 번 맞아 보고 싶었습니다. 마침 아름다운 숲 찾아가기 행사를 갖기로 한 날 비가 오시었습니다. 그래서 작정하고 비를 맞기로 하였습니다. 물론 비 오시는 날 맨발로 걸어 보겠다는 욕심 같잖은 오랜 욕심도 마침내 행동으로 옮길 수 있었습니다.

　도봉산 우이암을 찾는 이번 걸음은 저만의 기분을 다른 분에게 강요하지 않아도 되고, 또 다른 분이 저를 어떻게 생각할지에 대한 걱정도 필요 없는 오붓한 행사였습니다. 저까지 모두 세 사람이, 그것도 으레 그러려니 하고 이해해 줄, 같은 일 하는 동료가 함께 했으니 한결 마음이 편했습니다.

10여 년 만에 찾은 도봉산 숲은 정말 놀랍게도 많이 변해 있었습니다. 숲을 이루는 나무들은 눈 높이도 다르게 훌쩍 자랐습니다. 학창시절, 매 학년 신학기의 첫 행사는 우이암의 암장을 타는 일이었습니다. 침니를 오르고 직벽 비슷한 슬래브를 용을 쓰면서 아슬아슬하게 오르던 기억 때문에 더 더욱 우이암을 오르는 숲길은 새로웠습니다. 바위를 오르던 그 열정은 이미 사라졌습니다만 그 숲길, 혈기 왕성했던 시절의 고뇌와 방황의 거친 걸음을 바로잡아 주던 그 숲길을 다시 걷자니 예전의 여러 가지 일들이 마루금을 지나는 바람소리처럼 재빨리 가슴을 후벼 팠습니다. 한여름 등행길에 흘린 땀을 인적 드문 계곡에서 알몸으로 씻던 일이며, 엄동설한에 벌벌 떨면서 비박으로 밤을 꼬박 지새웠던 추억도 떠올랐습니다.

그래서 빗줄기가 오락가락 하는 궂은 날 기쁜 마음을 안고 도봉산 숲 속을 걸었습니다. 우산이나 비옷으로 피하기보다는 오히려 빗줄기 속에 몸을 맡겨 봐야지 하는 생각이 들었던 이유는 간단합니다. 주변에 신경 쓸 필요 없이 머리, 가슴, 팔, 다리의 온 몸통을 자연에 그대로 맡겨 보고 싶었습니다.

옛날이나 이즈음이나 비는 황홀한 경험입니다. 주변 풍경에 푸릇푸릇한 생기를 주는 빗속을 걷는 일은 남다른 축복입니다. 비는 사람의 심성조차 고즈넉하게 만드는 마술을 부립니다. 하긴 어디 비뿐이겠습니까? 폭설, 눈보라, 우박, 안개, 구름, 폭우는 모두 어떻게 보면 그 당장은 극복해야 한 고통이지만, 자연의 미묘한 마술을 겪고 난 다음에는 잊을 수 없는 소중한 추억이 되는 것 아니겠습니까?

근래 비를 흠뻑 맞아 본 적은 없습니다. 아무리 비 맞은 경험을 되살리려고 애를 써도 선뜻 그런 기억이 떠오르지 않습니다. 오히려 아득한 옛 추억이 떠오를 뿐입니다. 30여 년 전 학창 시절, 엄청나게 큰 키슬링형 배낭을 메고 지리산 노고단에서 천왕

봉까지 종주하면서 4일 정도 7월 장마비를 흠뻑 맞았던 때가 어제 일처럼 생생하게 다가옵니다.

비의 경험은 몸이 겪는 경험입니다. 머리카락을 타고 내려온 빗물이 등줄기를 적셔 내려옵니다. 그러다 마침내 바짓가랑이 속까지 젖어 들면 그야말로 흠뻑 젖어 보는 것이죠. 봄비나 가을비는 더워진 몸을 금방 식히지만 여름비는 체온까지도 적당하게 유지시켜 줍니다. 자연이 안겨 주는 체온 조절기라고 할까요. 여름 장마비 속을 뚫고 젖은 몸으로 숲을 찾는 재미는 그래서 더욱 유별납니다. 장대비를 맞으면서 숲길을 맨발로 걷는 재미도 좋습니다.

우의, 우산도 없이 내리는 빗줄기를 고스란히 맞아 본 적이 언제입니까? 옷이 젖어도 좋다는 단순한 각오만 하면 자연과 함께 하는 즐거움이 바로 우리 지척에 있습니다만 우리는 고정 관념을 깰 용기를 내지 않습니다. 언론에서 호들갑을 떠는 산성비의 위험은 잠시 잊어도 좋습니다. 진창길을 거닐면 발가락 사이로

미끄러져 올라오는 흙의 감촉이 참 좋습니다.

　그래서 우이암에서 내려오는 길에는 아예 신발을 벗었습니다. 마침내 비 오시는 날, 맨발로 걸은 것입니다. 질근하게 발바닥에 감겨 오는 도봉산의 숲길에서 흙 묻은 당신의 발을 위해 기도했습니다. 사람의 발은 본래 신발보다 흙과 흙내음에 더 잘 어울립니다. 비 내리는 숲길에는 맨발로 오시기를 청합니다.

손으로 나누는 대화

나무들과 촉감으로 대화를 나누어 보셨나요? 대부분의 사람에
겐 생소한 일이겠지만 한 번쯤 경험해 볼 만한 가치 있는 일입니
다. 그것은 숲을 찾는 또 다른 즐거움입니다. 그러나 우리는 대
개 자연만이 간직한 이 감각 세계를 잊고 삽니다.

  우리들이 느끼는 촉감은 대부분 인공적인 것들입니다. 공장에
서 만든 공산품을 만지면서 하루를 시작하지요. 수도꼭지를 틀
면 물이 쏟아집니다만, 엄격한 의미에서 이 물 역시 자연적인 물
은 아닙니다. 댐에 모인 물이 배수관을 거쳐 정수장에서 나쁜 것

을 걸러내고, 해롭지 않은 약품을 타서 새롭게 탄생한 물이니 공장에서 생산된 공산품과 다르지 않겠죠. 그래서 손끝으로 전해지는 물의 촉감조차 엄밀하게 말하자면 자연의 촉감이 아닌 것 같습니다.

매끄럽고 깔끔하게 디자인된 컴퓨터 자판이나 볼펜에 익숙해진 손바닥과 손가락이 새로운 세계로 진입하기 위해서는 용기가 필요합니다. 그러나 인공적인 온갖 것에 익숙한 촉감 대신에 조금은 거칠고, 조금은 제 마음대로 생긴 자연물의 표면을 더듬고 만지면서 얻는 경험은 분명 새로운 것입니다. 공산품에서 느끼는 깔끔하고 반드르르한 감촉 대신에 자연물에서 느끼는 꺼슬꺼슬하거나 고불탕한 촉감은 잊고 지내던 또 다른 본성을 불러냅니다.

숲은 자연물에 대한 촉감을 즐길 수 있는 보물 창고입니다. 풀잎, 낙엽, 나뭇가지, 그리고 나무줄기를 만지는 촉감의 즐거움을 어떻게 표현해야 할까요? 원시에 대한 숨은 감각을 일깨우는 문

명의 일탈이라고나 할까요. 그 일탈을 통하여 우리 몸 안에 내재된 자연성을 일깨울 수 있습니다. 하루 한 걸음도 흙을 밟지 않고도 살아가는 데 전혀 불편함을 느끼지 못하는 도회의 삶에서 일탈을 꿈꾸는 것은 사치가 아닙니다. 자연과 인간은 원래 한 몸이라는 소박한 깨달음으로 가기 위한 첫걸음이지요. 약간의 용기가 필요하다는 면에서 그것은 분연한 도전일 수도 있습니다.

스킨십이란 애정이 깃든 모든 신체적 접촉을 말합니다. 스킨십이 충족된 아이는 밝고 자신감이 있으며 세상을 신뢰한다고 합니다. 반면에 스킨십이 부족한 아이는 신체적, 감정적, 인지적 발달이 지체되고 물체에 집착한다고 합니다.

스킨십은 연인 사이, 부모와 유아, 부부간에만 존재하는 것은 아닙니다. 인간과 동물, 인간과 식물, 동물과 동물 사이에도 스킨십이 존재합니다. 손으로 나무를 만지며 쓰다듬고 비비는 행위는 인간과 나무 사이의 정서적 연결 고리를 확장시키는 일이자 자연을 이해하고 사랑하는 과정입니다. 자연물과의 빈번한

피부 접촉은 영적 교감을 키워 가는 통로입니다.

10여 년 전에 지구상에서 가장 오래 사는 생명체라는 브리스톨 콘 소나무를 만나러 간 적이 있습니다. 해발 3,000m 이상의 사막과 다름없는 고산 지대에서 5,000여 년 살아온 이 소나무를 만났을 때 그 감회는 각별했습니다. 통통하고 비틀어진 줄기, 옹이 많은 가지, 황금색을 지닌 몸통 부분은 극심한 환경에서 수천 년의 풍상을 이겨 낸 삶의 아름다운 흔적들이었습니다. 이 나무를 손끝으로 쓰다듬는 기분은 묘했습니다. 단군 할아버지가 신단수 아래에서 신시를 열고 나라를 세웠을 때 지구의 반대편에서 그 광경을 지켜봤던 생명체 아닙니까? 그것에 손끝을, 손바닥을 직접 닿아 보는 일은 단순히 살아 있는 생명체 하나를 만지는 이상의 그 무엇이 있었습니다. 이 소나무의 줄기를 쓰다듬을 때는, 특히 "무엇 하러 이렇게 멀리까지 왔소?" 하고 나무가 건네는 소리가 들리는 듯하였습니다. 나는 대답하였습니다. "당신과의 영적 교감을 복원하고, 정서적 연결 고리를 확장하고 싶어

서 왔습니다."

지구상에서 가장 큰 생명체라는 자이언트 세콰이어를 두 팔로 감싸 안았을 때도 비슷한 감동으로 몸을 떨었습니다. 매미 한 마리가 오래된 고목 나무에 붙어 있는 형상이었겠지만, 그 거대한 줄기에 귀를 대었을 때, 만주 대륙을 질주하던 고구려 기마 병사의 함성이 들리는 듯하였습니다. 수천 년을 살아온 이 나무의 녹녹지 않은 삶의 역정이 가슬가슬한 붉은 껍질의 촉감을 통해서 내 가슴속에 전해 온 것 아니겠습니까?

'나무로 살펴본 한국인의 자연관' 이란 제목의 「하나뿐인 지구」 프로그램에 출연하고자 전국의 명목(名木)들을 찾아 나섰을 때도 몸이 떨리도록 좋았습니다. 보통 때라면 나라의 명목을 만지거나 쓰다듬는 일은 감히 생각지도 못할 일입니다. 그러나 공익성을 내세운 프로그램 제작 덕분에 우리 나라에서 가장 큰 나무인 용문산 은행나무를 안아 보고, 정이품 소나무의 거북등 같은 솔 껍질을 만져 보고, 석송령 부자 소나무의 몸을 직접 쓰다

듣고 비벼 본 일은 그 어떤 경험보다도 값진 것이었습니다. 신라와 고려와 조선을 지켜봤던 그 엄청난 세월의 무게가 손끝을 통해서 흘러들어 오는 듯했습니다.

자연과의 빈번한 신체 접촉은 자연을 구성하는 모든 요소에 대한 배려와 존경, 그리고 영적 교감을 싹 틔울 수 있는 첫걸음입니다. 우리들은 자연과의 신체 접촉을 단절시키면서 자연과 화합하기 위해 필요한 지혜, 정서, 교감의 가치도 함께 잃어버렸습니다. 숲을 찾게 되면 자연과의 스킨십을 복원해 보세요.

숲에서 느끼는 맛의 비밀

강렬한 여름볕을 견디며 몇 시간 걷고 난 다음에 석간수로 목을 축입니다. 그 순간 입 안에서는 얼음 폭죽이 터집니다. 차디찬 석간수 한 모금이 버석 마른 입 안에서 찬란한 얼음별들을 쏟아 놓는 겁니다. 툭툭 터질 것 같은 서리 불꽃들이 식도를 따라 내려갑니다. 그리고 마침내 사방으로 서리 불꽃을 터트립니다. 서늘한 기운이 온몸으로 퍼져 나갑니다. 가슴이, 온 정신이 맑게 탁 트입니다.

숲을 찾는 길에 경험했던 갈증과 해갈에 대한 기억은 오늘도 새롭습니다. 시원하고 감미로운 샘물이 찬 기운으로 변해 땀투성이 온몸으로 스며드는 기억을 떠올리면 물을 향한 몸의 굴성을 다시 한 번 강렬하게 느낄 수 있습니다.

수도꼭지만 틀면 항상 콸콸 쏟아지는 것이 물입니다. 페트병에 든 생수는 가까운 슈퍼마켓에서 동전 몇 개면 금세 구할 수 있습니다. 그래서 물은 흔한 것으로 인식됩니다. 사실입니다. 도시에서 갈증을 경험하는 일은 극히 드뭅니다. 그러나 쨍쨍 내리쬐는 땡볕 속을 몇 시간이고 헤맨 뒤에 맛보는 석간수의 차디찬 맛은 지고의 환희입니다. 그것은 단순한 해갈이 아닙니다. 세속의 찌든 때가 씻겨 나가는 것 같습니다. 돌 틈 사이로 흐르는 샘물소리만으로도 가슴에는 시원한 바람이 지나갑니다.

1년에 300mm 안팎의 강수량을 가진 해발 3,000m의 메마른 산악 지역에서 반만년을 사는 나무들을 만나러 가는 길이었습니다. 그때 가장 먼저 준비한 것은 물이었지요. 그러나 내리쬐는 불볕과 건조한 대기는 준비한 물통 모두를 금방 비워 버리게 만

들었습니다. 그 다음에 겪은 고통을 무어라고 표현할까요? 평생 처음 진하게 경험했던 4시간 남짓의 갈증 끝에 들이킨 물맛은 가슴속에 깊이 새겨져 있습니다.

뒷산 숲을 오르는 또 다른 즐거움은 옹달샘 물맛입니다. 아무리 먹어도 물리지 않는 것이 바로 이런 물맛 아니겠습니까? 숲에서 만나는 물맛은 여러 가지입니다. 광릉 가래나무 숲에 있는 옹달샘 물은 좀 텁텁합니다. 옹달샘 위에 옻나무가 자라고 있는 포천의 샘물은 조금 씁쓰레한 맛도 돕니다. 한계령 아래쪽의 필례약수나 오색약수는 철분이 많이 함유되어 쇳내가 나고요. 그래서 우리 조상은 샘물마다에 석간수, 감로수, 음양수, 오색약수와 같은 다양한 이름을 붙인 건 아닐까요.

숲 속 샘물은 조상과 우리를 이어주는 통로입니다. 감각을 통해서 느끼는 그 정서적 교감은 값진 것입니다. 조상과 교감할 수 있는 것은 샘물만이 아닙니다. 숲이 안겨 주는 거친 맛도 훌륭한 통로이지요. 인공의 맛이 아닌 자연의 맛을 간직하고 있는 공간이 바로 숲입니다. 미끄럽고 부드러운 맛을 느끼지는 못할지라도 단맛, 신맛, 쓴맛, 짠맛의 순수한 풍미를 경험할 수 있는 곳이 숲입니다. 순수의 맛, 원시의 맛이 바로 조상이 즐겼던 맛 아니겠습니까?

숲에서 느끼는 맛의 여정은 단맛에서 시작합니다. 아무래도 곡우절기에 거제수나무에서 나오는 수액의 맛이 먼저 떠오릅니다. 조금 달착지근한 그 맛은 설탕이나 꿀처럼 그렇게 달지는 않지만 입 안에 머무는 뒷맛은 바로 그렇기에 오히려 개운합니다. 캐나다나 미국의 사탕단풍나무에서 추출한 수액을 농축한 메이플 시럽을 팬케이크와 함께 맛본 경험이 있으신 분은 그 깊은 풍미에 미간을 찡그리시겠지만, 오히려 수액은 그렇지 않습니다.

숲에서 경험하는 단맛의 신비는 또 있습니다. 깨알처럼 씨가 씹히는 다래의 달콤한 맛이나 솜사탕처럼 부드러운 내용물이 입 안에서 녹는 으름의 서늘한 단맛, 산뽕나무의 검붉은 오디나 산딸기의 진홍색 열매에서 나오는 쌉쌀한 단맛은 숲의 또 다른 선

물입니다.

생강나무 잎사귀에서 맛보는 생강 맛이나 산초나무 잎의 쌉쓰레한 맛은 시다고 해야 맞을까요, 쓰다고 해야 맞을까요? 하긴 쓴맛은 소태나무 잎에서 보다 직접적으로 느낄 수 있습니다만……. 포도처럼 열리지만, 열매의 크기나 수가 작은 머루는 포도보다 신맛은 더 강하지만 새콤달콤한 맛도 함께 지니고 있습니다. 시금털털한 맛을 내는 팥배나무나 산벚나무 열매, 떫은맛과 함께 신맛이 나는 산사나무 열매 역시 시고 쓴맛을 다 조금씩은 머금고 있지요.

망개덩굴의 잎사귀나 떡갈나무로 싸 먹던, 조금은 쌉싸름한 맛이 베인 찹쌀떡을 기억하십니까? 두릅나무와 함께 봄나물의 왕자 격인 음나무 새순은 쌉쌀한 그 감칠맛 덕분에 사람들의 사랑이 끊이지 않을 겁니다. 산나물에 포함된 떫은맛은 아린맛으로도 나타납니다만…….

숲에서 짠맛을 경험하는 것은 쉽지 않습니다. 염분 섭취가 필요한 야생 동물들은 염분을 많이 함유하는 나무를 본능적으로 안다고 합니다. 그래서 염분이 많은 나무들의 줄기나 새순을 몽땅 갉아먹어서 아주 결딴을 내기도 합니다. 이것은 다음 대를 이어갈 숲의 재생을 막는 엄청난 재앙이 됩니다. 그래서 야생 동물, 특히 노루나 사슴의 서식 밀도를 관리하는 일은 산림 보호에 아주 중요하지요. 숲을 책임진 임무관의 역할 중에 사냥이 중요한 영역으로 자리잡게 된 이유이기도 하고요.

야생 동물은 짠맛을 내는 나무를 배우지 않아도 알아내지만, 만물의 영장이라고 자부하는 우리가 숲에서 짠맛을 느낄 수 있는 나무는 많지 않습니다. 아니, 붉나무의 열매가 유일한지도 모르겠습니다. 붉나무의 열매에 맺히는 소금기는 이 나무에게 염부목(鹽膚木), 목염(木鹽)이라는 별칭을 주었습니다.

숲이 안겨 주는 여러 맛 중에 진수는 무엇일까요? 떫은맛 아닐까요? 햇밤이나 도토리를 깨물었던 기억을 한 번 되살려 보십시오. 금세 입 안은 텁텁해지고 부덕부덕해져서, 다른 무엇도 담을 수 없게 됩니다. 탄닌의 떫고 거친 맛은 오늘의 우리가 수천 년 전 석기 시대 조상을 방문할 수 있는 타임캡슐입니다.

계절에 따라 다양한 맛을 선사하는 숲은 미각을 일깨우는 보고입니다. 그 진귀한 감각의 세계를 경험할 수 있는 사람이 점점 더 많아지기 바랍니다.

하늘이 높습니다. 계곡으로 흐르는 물빛도 다릅니다. 숲 속을 지나는 물빛과 바람결로 계절의 변화를 실감

합니다. 습기를 털어 낸 선들바람이나 쪽빛 하늘을 담은 물빛은 그래서 가을을 알리는 전령입니다. 이때쯤

이면 숲의 빛깔도 변합니다.

가을 숲이 만들어 내는 형형색색의 빛깔을 표현하기란 쉽지 않습니다. 봄이라는 짧은 한 계절에 만들어져

서, 좀체 변할 것 같지 않게 강건해져만 가던 녹색 세상을 어느 틈에 변화시키는 계절의 섭리를, 그리고 그

현란한 변신을 조용히 음미하는 것이 자연에 대한 예의일 테니 말입니다. 사실 그렇습니다. 자연과 유리된

삶을 정상적인 것으로 생각하는 우리네 삶에서 계절의 변화를 느끼는 것 자체가 큰 행운이지요.

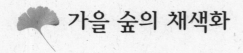# 가을 숲의 채색화

하늘이 높습니다. 계곡으로 흐르는 물빛도 다릅니다. 숲 속을 지나는 물빛과 바람결로 계절의 변화를 실감합니다. 습기를 털어 낸 선들바람이나 쪽빛 하늘을 담은 물빛은 그래서 가을을 알리는 전령입니다. 이때쯤이면 숲의 빛깔도 변합니다.

가을 숲이 만들어 내는 형형색색의 빛깔을 표현하기란 쉽지 않습니다. 봄이라는 짧은 한 계절에 만들어져서, 좀체 변할 것 같지 않게 강건해져만 가던 녹색 세상을 어느 틈에 변화시키는 계절의 섭리를, 그리고 그 현란한 변신을 조용히 음미하는 것이 자연에 대한 예의일 테니 말입니다. 사실 그렇습니다. 자연과 유리된 삶을 정상적인 것으로 생각하는 우리네 삶에서 계절의 변화를 느끼는 것 자체가 큰 행운이지요.

봄 숲은 우리 주변에서 시작합니다만 가을 숲은 그렇지 않습니다. 가을 숲의 변신은 우리와 아주 멀리 떨어진 높은 산마루에서 시작합니다. 산마루에서 시작한 변신은 산허리로 내려오고, 마침내 맨 마지막으로 우리들 주변으로까지 달려옵니다. 봄 숲의 생명력이 우리 주변에서 시작하여 맨 마지막으로 산마루에까지 달려가는 것과는 정반대의 과정입니다. 가을 숲은 그 시작을 우리가 느꼈을 때는 이미 한참 진행된 뒤라 정작 그 현란한 색채를 가슴속에 담고 만끽할 수 있는 시간은 아주 짧습니다.

여름 내내 무표정한 녹색이던 숲이 하루가 다르게 표정을 바꾸는 것을 그래서 도회에 사는 우리 대부분은 지나치고 맙니다. 그러나 가을 숲만이 만들어 낼 수 있는 그 빛깔에 한 번 파묻혀 보는 일은 복잡한 절차와 거창한 결심이 필요한 것은 아닙니다.

그저 '가을 숲'이란 세 음절 단어를 한 번 읊조리며 관심을 가지고 우리 주변을 둘러보기만 하면 됩니다.

가을 숲의 모습은 단풍나무·신나무·옻나무·붉나무·매자나무·마가목·산벚나무·화살나무 같은 붉은색 단풍은 물론이고, 사시나무·생강나무·참피나무·쪽동백나무·떡갈나무·층층나무·자작나무들이 연출하는 노란색이나 황갈색 단풍 덕분에 현란합니다.

첫서리가 내리는 높은 산의 가을은 유난히 짧습니다. 그 짧은 기간 동안 수십 종류의 넓은잎나무가 다양한 색을 연출해 별천지를 만들어 냅니다. 이때 숲에서는 적막감이나 엄숙함 대신 역동성을 느낄 수 있습니다.

단풍은 하늘을 이고 있는 산정에서 불붙기 시작해 어느 틈에 인간 세상에까지 내려옵니다. 넓은잎나무들이 연출하는 단풍은 주의 깊게 지켜보지 않으면 놓치기 쉽습니다. 아직 햇볕이 따가운 늦여름부터 변신을 준비하여 금세 옷을 갈아입기 때문입니

다. 그 중에서도 단풍나무가 연출하는 가을 색의 연속적인 변신은 빈틈이 없습니다. 가장 늦게까지 녹색을 지킨 엽맥(葉脈)의 몸부림도 잠시, 누르스름한 이파리가 순식간에 노란색으로 바뀌다 마침내 붉은색으로 변합니다. 단풍나무에 속하는 신나무·복자기·당단풍·단풍나무는 가을 숲의 여왕이자 진객임에 틀림없습니다. 그러나 영원한 영화는 없는 법이지요. 어느 틈엔가 적갈색으로 변한 이파리는 황갈색이 되어 마지막을 장식합니다. 그리곤 마침내 잎을 떨굽니다. 강렬한 생명을 거두고 겨울 채비를 시작하는 것입니다.

흔히 산 전체로 볼 때 꼭대기에서 아래로 단풍이 20% 정도 물들었을 때를 첫 단풍이라 하며, 80% 이상 물들었을 때를 절정기라 합니다. 대개 첫 단풍 이후 보름쯤 지나야 절정의 모습을 나타냅니다. 우리 나라 단풍은 보통 하루에 50m씩 고도를 낮추고, 25km씩 남하한다고 알려져 있습니다. 그래서 9월 하순 강원도 산간 지방에서 시작한 단풍은 10월 중순 중부 지방을 거쳐 하순에는 중부 해안과 남부 지방으로 내려옵니다.

단풍은 자연의 은밀한 작업입니다. 학자들은 나뭇잎에 들어 있는 여러 색소체가 기온의 변화에 따라 차례로 파괴되어 나타나는 색의 발현 현상이라고 설명합니다. 물론 기온 하강으로 가장 먼저 파괴되는 색소체는 녹색체이며, 상대적으로 강한 것은 노랑과 빨강을 함유하고 있는 잡색체들입니다. 그러나 모든 것을 색소체로만 설명할 수 있는 것은 아닙니다. 색소체를 보유한 개개 나무의 생리적 조건 못지 않게 주변의 환경도 중요합니다. 단풍은 평지보다는 산, 강수량이 상대적으로 적은 곳, 양지쪽, 그리고 일교차가 클수록 화려하고 아름다운 색상을 나타냅니다. 그래서 같은 곳 단풍이라도 어느 해에는 아주 멋졌는가 하면, 또 어느 해에는 우중충해서 사람의 눈길을 끌지 못하기도 합니다.

단풍나무라고 해서 언제나 붉게 단풍이 드는 것은 아닙니다. 몇몇 단풍나무는 나무 전체가 붉은색으로 변합니다만 어떤 종류의 단풍나무는 노란색이나 갈색으로 변하기도 합니다. 같은 단풍나무라도 나무줄기의 위치에 따라서 잎의 색이 각기 다르게 나타나기도 합니다. 붉은색으로 변한다고 알려진 단풍나무조차도 이렇게 변이가 다양한데 다른 나무들은 어떻겠습니까? 단풍은 은행나무 잎처럼 나무 전체가 노랗게 물드는 나무가 있는가 하면, 어떤 종류의 나무는 동일한 나무일지라도 제각각으로 단풍색을 연출합니다. 뿐만 아닙니다. 한 나무에서도 잎이 자리잡은 위치나 시기에 따라서 제각각으로 단풍이 들기 때문에 단풍현상을 일률적으로 설명하기란 어렵습니다.

어느 식물학자는 단풍을 나무의 체념과 슬픔의 표현이라고 했습니다만, 오히려 멋지게 살아온 한 해를 마감하는 축제라고 생각하면 어떨까요. 눈앞에 닥친 엄동을 이겨 내자고 스스로 다짐하는 축제 말입니다.

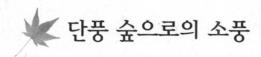 # 단풍 숲으로의 소풍

화살나무 잎사귀도 가을을 알리는 전령입니다. 연구실 앞뜰의 화살나무 잎사귀는 9월 중순만 되어도 붉은색으로 물이 듭니다. 대학 구내의 대다수 나무들이 철옹성 같은 푸름을 한껏 자랑하고 있는 그때에, 화살나무는 용케도 그 푸름의 끝이 멀지 않았음을 이처럼 알립니다. 하긴 자세히 살펴보면 어디 화살나무뿐이겠습니까? 불볕 더위에 달구어진 옹벽을 씩씩하게 오르던 담쟁이의 녹색 잎사귀도 이때쯤이면 붉은색으로 한 잎 두 잎 변하고 있음을 알 수 있습니다. 언제 그런 씩씩한 기상이 있었는지 까마

득하게 잊어버리고 말입니다.

　제가 근무하는 학교는 북한산 자락에 자리잡고 있기에 도심보다 조금 늦게 봄소식을 느끼고, 가을소식은 조금 일찍 접할 수 있습니다. 그래도 교정의 나무들이 조금도 다른 징후를 나타내지 않는 9월에 단풍철이 멀지 않았음을 알리는 화살나무의 계절 예보 능력은 각별합니다. 마치 빈 산에 남 먼저 피운 생강나무의 노란 꽃이 봄이 멀지 않았음을 알리는 화신으로 우리에게 각별하듯이 말입니다.

　화살나무는 키가 작은 관목입니다. 화살에 붙은 날개깃처럼 줄기에 날개를 달고 있어서 화살나무란 이름을 가졌습니다. 선홍색으로 변한 화살나무의 잎이 눈에 띄면 그와 동시에 나의 마음도 덩달아 들뜨기 시작합니다. 올해는 '단풍 숲의 변신에 시간을 투자하리라', '단풍 숲을 즐겨보리라'는 다짐도 새롭습니다. 한데 이런 다짐은 해마다 되풀이되는 것이지만 행동으로 옮긴 적은 그리 많지 않았습니다. 소광리 숲을 찾아 나선 걸음은 그런 마음가짐을 행동으로 옮길 귀한 기회의 하나였습니다.

해마다 가을이 되면 대학원생들과 우리 소나무의 진수를 보려고 경북 울진 소광리를 찾습니다. 답사는 중간 시험이 끝난 뒤인 늦가을에 대부분 이루어집니다. 그런데 어느 해는 운이 좋게도 조금 늦게 진행된 절기 덕분에 소광리 숲의 또 다른 진면목을 접할 수 있었습니다.

답사 걸음은 예년과 마찬가지로 먼저 마을 인근에 자리잡은 당산 소나무 숲을 찾는 것으로 시작하였습니다. 당산 소나무 숲은 큰 소나무 세 그루가 여러 종류의 넓은잎나무들 머리 위에서 곧고 붉은 줄기를 자랑하며 자라고 있는 숲입니다. 이 숲은 이즈음도 소광리 주민들이 가족의 안녕과 마을의 평화를 기원하는 신령스러운 장소입니다.

마을을 벗어나 모퉁이 길을 돌았습니다. 당산 소나무 숲이 보이자 눈을 의심하지 않을 수 없었습니다. 녹음철에 익히 봐 왔던 그 평범한 잡목 숲의 현란한 변신 앞에 무슨 말이 필요하겠습니

까? 단풍나무, 신나무, 붉나무처럼 잎이 붉게 변하는 나무들은 물론이고 엄나무나 느티나무처럼 노란색 단풍으로 변하는 다양한 종류의 넓은잎나무들이 연출하는 가을 숲의 풍광은 찬란했습니다. 봄, 여름철에 익히 봐 왔던 그 평범한 잡목 숲의 변신에 일순 할말을 잊었습니다. 숨이 멎는 것 같았습니다. 이런 풍광을 볼 수 있는 행운을 누리다니. 물질적인 부도, 엄청난 명예도 안겨 주지 않는 작은 숲의 변신에서 느낀 행복의 깊이와 폭은 얼마나 큰 것인지 모르겠습니다.

며칠 전만 하더라도 녹색 천지였던 그 숲은 형형색색의 빛깔로 조화를 이루고 있습니다. 그뿐 아니지요. 녹색 솔잎을 배경으로 다소곳하게 펼쳐진 당산 숲의 풍광은 그 극적인 대비로 더욱 아름다웠습니다. 아마도 이들 신령스러운 소나무들이 없었다면 이 작은 당산 숲이 가진 가을 숲의 아름다운 풍광은 반감될지도 모른다는 생각도 해봅니다. 단풍은 절정기를 이룰지언정 지금처럼 극명한 대비를 살려내지 못할 테니까요. 모든 것이 다 변할 때, 변치 않는 것이 존재함으로써 변하는 것과 변치 않는 것의 차이가 더욱 부각되는 세상 이치는 그래서 단풍 숲에서도 통합니다. 녹색을 띤 소나무들이 있음으로써 형형색색으로 변하는 넓은잎나무들의 단풍이 더욱 빛날 수 있다고 봅니다.

연구 교수란 신분 덕분에 조금은 자유스러운 시간을 갖게 된 형편을 이용하여 올해는 아침 안개가 자욱한 날 홍천군 내면에서 해발 1,000m의 구룡령을 넘을 수 있었습니다. 구비구비 돌아가는 고갯길마다 안개 속에 펼쳐진 단풍 숲은 새로운 별천지였습니다. 안개는 사물의 세세한 형체를 무딘 모습으로 만들었고, 조금은 초점이 어긋난 듯이 보이는 마술을 부렸습니다. 나무 하나하나마다 독립된 색채로 가을을 장식하던 단풍 숲은 안개 덕분에 마치 노란색과 붉은색과 갈색과 녹색을 섞어 놓은 파스텔화를 보는 듯하였습니다. 간간이 옅어진 안개 사이로 언뜻언뜻 나타난 파란 하늘과 대비를 이룬 산자락의 파스텔 풍경은 꿈속에서 보는 풍광처럼 아름다웠습니다. 이러한 때 말은 필요가 없습니다. 심호흡이 필요합니다. 온갖 근심 걱정은 어느새 사라졌습니다. 그저 자연과 한 몸이라는 생각만이 머릿속에 남았습니다. 가슴속에다 차곡차곡 단풍 숲을 재워 넣습니다. 살아 있다는 사실이 행복합니다. 색동 단풍 숲의 풍광을 가득 품은 가슴이 기쁨으로 뜨거워집니다.

소광리 당산 숲의 단풍이 어느 특정한 해에만 각별했겠습니까? 안개 속에 펼쳐진 단풍 숲이 어디 지금껏 한 번도 본 적이 없는 풍광이겠습니까? 아마 매년 반복해서 우리 주변의 숲은 이런 아름다움을 연출했을 테고, 우리는 이런 숲을 별 관심 없이 수없이 봐 왔을 것입니다. 당산 숲이나 안개 속의 단풍 숲이 더 각별하게 다가왔던 이유는 그 숲의 아름다움을 담아 보리라는 준비된 마음이 있었기 때문은 아닐까요? 시간에 쫓기지 않는 일정, 자연을 담을 수 있는 적당한 여유와 감성의 그릇이 있었기 때문에 해마다 되풀이되는 우리 주변의 단풍 숲이 가슴에 제대로 들어온 것 아니겠습니까?

절기의 변화를 읽고, 바람과 햇볕의 강약을 체험해야 하는 번거로움이 따릅니다만, 단풍 숲과 일대 일로 대면하는 일은 물질 문명에 찌든 우리네 일상을 다시 한 번 돌아보게 만듭니다. 숨고르기가 필요한 때라는 것을 새삼스럽게 느낍니다.

갈잎 떨군 솔숲은 더욱 푸르고

한 해를 마무리하는 계절, 온 산의 넓은잎나무들이 벌이는 단풍 축제는 기실 그들의 월동 준비의 부산물입니다. 이듬해 봄에 잎눈을 피우고 꽃눈을 피우고자 넓은잎나무들은 이파리에 남아 있던 마지막 한 방울의 영양분까지도 이미 가지와 줄기와 뿌리로 옮겼습니다. 단 며칠 사이에 수천 개의 꽃눈을 피우고, 수만 개의 잎눈을 틔워 갈 그 에너지의 원천은 사실 하루아침에 만들어진 것이 아닙니다. 봄부터 가을까지 쉼 없이 저축하고 갈무리한 노력의 소산이지요.

가을이라는 계절은 넓은잎나무들만 변신시키는 것은 아닙니다. 자연을 담는 맑은 눈만 있으면 좀체 변할 것 같지 않던 바늘잎나무들의 변신도 볼 수 있습니다. 이 땅의 대표적인 바늘잎나무인 소나무의 경우도 마찬가지입니다. 조상들은 소나무를 변치 않는 지조와 굳은 절개의 상징으로 여겨서 문학과 예술의 소재로 애용해 왔습니다. 바로 사시사철 늘 푸른 소나무의 특성을 아끼고 기렸던 것이지요. 그러나 사실 소나무는 늘 푸르지만은 않습니다.

천지 자연물 중에 변하지 않는 것은 없습니다. 소나무도 낙엽을 떨어트린다면 고개를 갸우뚱거리시겠지만 사실입니다. 이 땅의 소나무들은 보통 2년 정도만 잎을 가지에 달고 있습니다. 그래서 가을 숲에 익숙한 사람은 솔가리가 될 갈색 솔잎을 달고 있는 초가을 소나무를 쉽게 알아볼 수 있습니다. 이때의 소나무는 우리들이 지금까지 봐 왔던 늘 푸른 소나무와 분명 다릅니다. 그것은 녹색 솔잎과 황갈색 솔잎이 만들어 내는 부조화 때문입니다. 그러나 이런 부조화는 아주 짧은 시간 동안에만 나타납니다. 가을이 깊어 가면 언제 그런 부조화가 있었냐는 듯 묵은 때를 씻어 낸 멋진 모습으로 우리 앞에 새롭게 다가옵니다.

갈잎을 떨어 낸 가을 소나무의 모습은 새롭습니다. 추위를 이겨 내고자 검푸른 빛이 도는 겨울 소나무나 송홧가루를 피워 내기 위해서 연녹색 솔잎을 가진 초여름 소나무와 다릅니다. 푸른 하늘을 배경으로 붉은 껍질의 줄기와 싱싱한 솔잎으로 단장한 늦가을의 소나무는 정녕 우리들이 아끼는 늘 푸른 소나무입니다. 그래서 저는 이때의 소나무야말로 가장 멋진 모습을 보여 준다고 단정적으로 이야기하곤 합니다.

높고 푸른 가을 하늘을 배경으로 우뚝 선 솔숲. 코발트빛 하늘색과 진한 녹색의 바다에 떠 있는 소나무 줄기의 붉은 빛깔은 세련된 도심에서는 쉽게 경험할 수 없는 파격입니다. 붉은색과 녹색의 이런 파격을 우리 조상들이 건물에다 원용한 건 아닐까 싶습니다.

목조 건물에 쓰이는 단청의 두 바탕색은 석간주(石間硃)라는 붉은색과 뇌록(磊綠)이라는 청록색입니다. 단청의 석간주와 뇌록은 바로 이 산하를 덮고 있는 소나무를 상징한다고 주장하는 이도 있습니다. 건물의 기둥에 칠하는 석간주는 토종 소나무 적송의 붉은 줄기 색과 같고, 건물 지붕틀의 뇌록은 소나무 잎과 같은 청록색이지요. 붉은색 껍질과 초록색 잎이 가진 소나무의 자연 보색을 나란히 칠하면 서로 다른 색을 자극하여 최고로 선명한 색깔을 유지하는 잔상 효과와 동시성의 효과를 갖습니다. 색채로만 본다면 건물은 인공적으로 만들어진 한 무리의 소나무 숲과 다르지 않습니다.

가을에 잎을 떨어트리는 바늘잎나무가 또 있습니다. 나무 이름에 '떨어질 낙(落)'이 들어 있는 낙엽송(일본잎갈나무라고도 부릅니다)과 낙우송이 그러하며, 메타세쿼이아도 가을에 잎을 떨어트립니다. 낙우송이나 메타세쿼이아는 정원수나 가로수로 많이 심기 때문에 우리 주변의 산에서 쉽게 볼 수 있는 나무들이 아닙니다.

반면에 낙엽송은 지난 30여 년 동안 가장 많이 심은 나무이기에 우리 주변에서 흔하게 볼 수 있는 수종입니다. 공교롭게도 이들 세 수종은 모두 외국에서 도입한 나무들입니다.

넓은잎나무가 그들의 결실을 자축하는 단풍 축제도 막바지에 이르렀습니다. 비록 벌거벗은 몸으로 동장군을 맞아야할망정 두려움은 없습니다. 나름의 월동 준비가 끝났기 때문입니다.

이때쯤 시작되는 낙엽송의 가을 변신은 참 극명합니다. 한 번이라도 노랗게 물든 낙엽송의 단풍을 경험한 사람은 숲 전체가 만드는 노란색의 화음을 쉽게 잊지 못합니다. 회색으로 변한 잡목 숲의 바다에 떠 있는 노란 낙엽송 숲은 가을 숲이 선사하는 가장 모순된 모습일지도 모릅니다.

기온이 낮아지면 더욱 진한 녹색으로 변하는 잣나무 숲과 이웃해 있는 낙엽송 숲은 또 다른 느낌으로 다가옵니다. 짙푸른 하늘을 배경으로 녹색의 잣나무 숲과 노란색의 낙엽송 숲이 펼치는 조화는 자연만이 연출할 수 있는 것이기에 늘 새롭습니다.

참나무 숲에서 도토리를 주우며

8월 하순에도 간간이 보이지만 사람들이 본격적으로 숲에 모이기 시작하는 것은 9월부터입니다. 숲에 모인 사람들은 한결같이 한 가지 일에 열중합니다. 사람들의 시선은 숲 바닥에 고정되어 있고 수시로 허리를 숙입니다. 몇몇은 꽤 큰 포대를 쥐고 있지만 대부분은 한 손에 작은 봉지를 들고 있습니다. 발로 풀숲을 헤치거나 간혹 나무를 흔드는 이도 없잖아 있지만, 옛날처럼 나무줄기에 떡메를 후려치거나 돌을 던지는 못된 작태는 눈에 띄지 않습니다. 몇 되나 됨직한 양을 채운 큰 포대로 수확량을 은근히 자랑하는 부지런한 가족도 눈에 띄고, 양에는 별로 괘념치 않으면서 줍는 행위 그 자체를 즐기는 사람들도 있습니다. 휴일에는 남녀노소가 따로 없지만, 평일의 이른 새벽이나 한낮에는 주로 중늙은이나 노인네 일색입니다.

10월로 접어들자 숲 속을 서성이던 사람들의 수도 차츰 줄어들기 시작합니다. 좀체 변할 것 같지 않던 녹색의 이파리들이 하나 둘 푸름을 잃어 갈 즈음, 숲 바닥에는 도토리 알맹이가 빠져나간 깍정이만 뒹굴고, 거의 대부분의 도토리를 인간에게 빼앗긴 참나무 숲은 마침내 사람들의 손길로부터 해방됩니다.

그런 광경을 지켜보면서 저도 손가락이 근질근질했습니다. 한 움큼의 충만감이 어느 틈에 손바닥 가득 전해지는 듯했습니다. 깍정이를 벗은 도토리의 까칠까칠한 머리, 윤기 자르르한 갈색 껍질 갑옷으로 무장한 몸통, 원뿔 모양의 꼬리침을 손으로 만지던 어릴 적의 그 감촉이 되살아났습니다. 입 안 가득 전해지던 떫은맛에 대한 기억 때문에 새삼스럽게 입이 말라오는 듯도 했습니다. 수십 년의 세월이 흘렀어도 도토리를 쥘 때마다 어릴 적의 추억은 여전히 생생합니다.

변변한 놀이 시설이 없던 그 시절, 뒷산 숲은 훌륭한 놀이터였습니다. 나무의 종류만큼이나 각기 다른 모습으로 열리던 뒷산 숲의 도토리는 특별한 장난감이었습니다. 길쭉한 놈, 둥근 놈, 통통한 놈……. 수십 년 세월을 뛰어넘어, 어릴 적 호주머니 가득 들어 있는 도토리가 주던 그 충만감을 도심의 참나무 숲에서 다시 불러내는 즐거움을 어떻게 표현해야 할까요?

도토리는 일반적으로 참나무류에 달리는 열매의 보통명사처럼 알려져 있지만, 참나무의 다양한 종류만큼이나 그 명칭도 다양하고 형태도 각양각색입니다. 굴밤(졸참나무)·상수리(상수리나무)·도토리(떡갈나무) 등이 대표적이며, 지방에 따라서는 동갈(갈참나무)·물암(떡갈나무와 신갈나무)·굴참(굴참나무) 등으로도 불립니다. 길쭉하고 열매가 가장 왜소한 것은 졸참나무, 몸통 부분이 깍정이에 많이 쌓여 있고 둥근 것은 상수리나무와 떡갈나무와 굴참

나무, 그리고 통통하고 타원형을 띤 것은 갈참나무와 신갈나무의 도토리 모습입니다.

　사람들은 한 되에 몇 천 원밖에 하지 않는 도토리 줍기에 왜 저렇게 열성적일까? 구황 식품에 의존하던 옛날도 아닌데, 한 해 몇 조 원어치의 음식물을 쓰레기로 버리는 세상에 살면서 그깟 도토리 채취에 저토록 열중하는 이유는 무엇일까? 도토리 줍는 광경을 한 달 남짓 지켜보면서, 그리고 어느 시점에선가부터 도토리 줍기에 스스럼없이 동참하는 제 자신을 보면서 이런 의문이 자연스럽게 떠올랐습니다. 그러나 누구도 이치에 합당한 답변을 해주지 못하였습니다. 그래서 제 나름으로 해석을 해보았습니다. 도토리 줍기는 석기 문화에 대한 향수, 채취 본능에 대한 욕구 충족은 아닐까…….

　오늘날의 삶이 아무리 물질적으로 풍족하고 더할 나위 없이 편리하다 해도 인류가 진화해 온 500만 년, 그 장구한 세월 동안 체득한 채취의 습속이 하루아침에 사라질 수는 없을 것입니다.

이 땅의 석기 문화는 거의 100만 년 전으로 거슬러 올라갈 수 있습니다. 이 땅에 농경이 시작된 시기는 4,000여 년 전으로 상정합니다. 그러나 100만 년의 장구한 세월에 비교하면 농경 문화를 꽃피운 지난 4,000년의 세월은 실로 짧은 순간이며, 산업 사회로 진입한 지난 30여 년의 세월은 찰라와 다르지 않습니다. 더구나 허기와 주림에서 해방된 시기가 지난 100년 전, 보다 정확하게 말해서 보릿고개를 겨우 벗어난 시기가 지난 30여 년 전이라고 할 때, 도토리 줍기를 비롯하여 구황 식품을 채취하는 일은 이 땅의 민초에게는 생존을 위한 작업이었습니다.

'도토리가 풍년이면 나락농사 흉년이다', '도토리는 들판을 내다보고 열매를 맺는다' 는 등의 속담이 농민들의 입에 오늘날에도 오르내리는 것만 봐도 도토리가 얼마나 중요한 구황 식품이었는지 알 수 있습니다. 참나무는 가장 풍부한 보조 식품을 생산했던 것이지요. 이와 같은 사실은 서울 암사동, 하남 미사리, 양양 오산리, 합천 봉계리 등의 신석기 시대 유적지에서 출토된 도토리로도 알 수 있습니다. 또한 우리 나라 최초의 구황서인 『충주구황절요』에도 도토리가 소나무의 잎과 송기, 도라지, 칡, 토란, 개암, 마, 더덕 등과 함께 중요한 구황 식품으로 등장하고 있습니다. 도토리는 우리의 삶과 뗄 수 없는 숙명과도 같은 존재였던 셈이지요.

그래서 큰돈이 되지 않아도, 중요한 먹거리가 되지 않아도 사람들은 여전히 도토리를 줍는 것이 아닐까요? 우리 핏속에 면면히 흐르고 있는 석기 문화의 유산이 하루아침에 생성된 것이 아니듯이, 채취 본능 역시 아무리 산업화가 되어도 쉬 사라질 것은 아닐 테니까요. 그래서 참나무를 보호하기 위해서 막대기를 휘두르거나 돌팔매질을 하지 말라는 읍소에도, 야생 동물의 생존권을 위협하는 도토리 채취 행위를 범할 때에는 50만 원의 과태료가 부과된다는 협박성 경고에도 아랑곳하지 않고 채취 문화의 전통은 계속되고 있습니다.

도토리는 사실 야생 동물의 중요한 먹잇감입니다. 그걸 사람들이 싹쓸이하는 것은 못된 행위지요. 아무리 채취 본능 운운해도 아닌 건 아니지요. 그래서 생각을 해보았습니다. 야생 동물을 보호하기 위해 채취 금지, 벌금 부과와 같은 소극적 관리보다 오히려 석기 문화의 유산인 채취 습속을 국민 누구나 원하면 체험할 수 있게 적극적으로 준비해 주는 것은 어떨까? 누구나 가을이 되면 도토리를 채취할 수 있게 대도시 주변의 국유림이나 자연휴양림에 적당한 면적의 참나무 숲을 조성하는 것도 한 방안이 될 수 있을 겁니다. 정해진 장소에서 채취 본능을 충족시킬수 있다면 야생 동물의 먹잇감을 덜 훼손할 수 있을 테니까 말입니다.

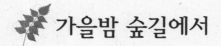

가을밤 숲길에서

숲에서 경험하는 칠흑 같은 밤은 무한한 우주 속에 던져진 피조물로서의 자신을 느낄 수 있는 기회입니다. 은하계의 한 모퉁이에서 몇 백만 년 전에 떠난 별빛이 이제 내 망막 신경에 감지되는 그 특별한 순간을 생각하면 더욱 그렇습니다. 시공을 초월한 그 광활함에 우리는 각자 존재에 대한 물음 앞에 서게 됩니다.

어둠의 참된 가치를 깨닫지 못하고 사는 현대인에게 밤이 안겨 주는 상상의 세계는 그저 막연할 뿐입니다. 현대 문명은 밤의 신비로움을 걷어 낸 지 오래입니다. 그래서 한밤중에 숲길을 걷거나 하룻밤을 숲 속에서 묵는 경험은 물질적 안락함에 젖어 있는 우리의 육신을 깨어나게 하는 지름길이기도 합니다. 밝음 속에서 경험했던 수많은 상식이 어둠 속에 묻히는 밤은 그래서 더욱 새롭습니다. 땅거미가 깔리고 어스름이 내려앉기 시작하면 어슴푸레하게 보이던 나무들의 모습은 차츰 어둠에 묻히기 시작합니다. 밤 자체가 만드는 어두움도 조명에 익숙해진 우리들에겐 신선합니다만 숲 속의 어둠은 완전히 다르지요.

가을 숲이 간직한 현란한 원색의 물결은 이미 어둠 속에 묻혔습니다. 줄기와 가지와 잎과 꽃과 열매로 제 모습을 자랑하던 나무들은 밤의 어둠을 받아들입니다. 이제 색과 형체가 아니라, 소리와 냄새와 분위기로 숲의 식솔임을 말해야 할 시간입니다.

한밤의 어둠을 가르는 올빼미 울음소리가 먼 숲에서 들립니다. 매미들의 울음소리는 멈춘 지 오랩니다. 여름날의 더위를 노래하던 풀숲의 여치, 풀무치 소리도 사라졌습니다. 가끔씩 베짱이의 울음소리도 들립니다만, 가을밤의 주인공은 단연 귀뚜라미

입니다. 가을 풀숲에서 듣는 귀뚜라미 울음소리는 우리의 메마른 마음을 적셔 주는 서정적인 음악입니다. 귀를 활짝 열어 봅니다. 한 마리의 귀뚜라미가 선창을 합니다. 주위의 귀뚜라미들이 화답을 합니다. 순식간에 아름다운 합창이 풀숲에서 시작됩니다.

나무들이 수런거리는 소리, 바람이 숲을 가로지르면서 만드는 미묘한 소리들은 화음이 됩니다. 자연의 소리를 받아들이는 데는 살벌한 경쟁심이나 공리적 사고는 필요 없습니다. 그저 빈 마음으로 들려오는 소리를 가슴에 담기만 하면 됩니다. 자연 속에 깃들어 있는 생명의 소리는 지친 영혼을 어루만져 주는 어머니의 따뜻한 손길입니다.

밤 숲의 분위기는 모든 것을 단순하게 만듭니다. 그 단순함은 우아함이 됩니다. 어둠이 만들어 내는 단순함과 우아함의 정수를 밤 숲에서 새롭게 깨닫습니다. 숲이 포용하고 있는 수많은 식솔을 빨아들인 어둠의 색은 더욱 단단하고 무거워집니다.

밤 숲이 간직한 단순함과 우아함도 밤 나름으로 다 각각 다릅니다. 구름이 끼었거나 산 안개가 내려앉은 숲 속의 밤은 별밤이나 달밤과는 또 다릅니다. 하긴 달밤인들 어디 다 같겠습니까? 초저녁부터 모습을 나타내는 상현달과 새벽녘에 볼 수 있는 하현달의 느낌이 다르고, 휘영청 보름달의 느낌은 또 어떻습니까?

어둠의 농도도 제각각입니다. 초저녁 숲은 금세 어슴푸레해지고, 시간이 지남에 따라 어둠침침해지다가, 마침내는 깜깜한 암흑의 세계로 진입합니다. 샛별이 더욱 그 빛을 발하는 어둑새벽이 되면 어둠은 먼동과 함께 서서히 물러납니다.

내려앉는 어스름을 동무 삼아 저녁 숲을 거닐다가 남쪽 하늘에 걸린 쪽배 달을 봤을 때의 기분은 묘했습니다. 적당한 밝기로 남향 산마루에 걸린 초승반달은 바로 숲바다 위에 떠 있는 쪽배였습니다. '돛대도 아니 달고 삿대도 없는 쪽배'를 노래한 시인의 상상력이 책상머리에서 만들어진 게 아니라는 걸 다시 한 번 깨달았습니다. 초승반달은 해질 무렵에 남쪽 하늘에 나타나서 자정쯤에 집니다. 그래서 숲바다에 떠 있는 쪽배 달의 모습을 담고 싶은 이는 그믐날로부터 이레나 여드레쯤 지난 날 저녁에 숲을 찾는 것이 좋습니다. 서쪽 절반만 보이는 초승반달의 멋진 항해 모습을 볼 수 있을 겁니다.

음력 하순 새벽녘에 볼 수 있는 하현달의 모습도 놓칠 수 없는 풍광을 선사합니다. 새벽잠을 설치더라도, 여명의 아침 숲을 경험하는 것에 가치를 둔 사람만이 즐길 수 있는 행운이지요. 숲바다 새벽에 걸린 반달보다 아름다운 것을 저는 떠올릴 수가 없습니다.

한밤중 숲을 즐기는 방법은 간단합니다. 달이 없는 별밤에 숲을 거닐기보다는 오히려 숲 바닥에 앉거나 드러눕는 것입니다. 잠시 눈을 감았다가 먼저 주변을 한 번 두리번거리고, 그 다음에 하늘로 시선을 보냅니다. 수많은 별, 별이 쏟아져 내립니다. 조명 때문에 밤하늘조차 잊었던 가슴에 불을 밝혀 줍니다.

아름드리 소나무들이 빽빽하게 들어선 솔숲을 한밤중에 거닐었던 적이 몇 번 있습니다. 형체가 불분명한 거대한 줄기들이 신전을 떠받치고 있는 기둥인 양 서 있었습니다. 신성을 느끼지 않을 수 없었지요. 숲은 어느 틈에 신성한 성소로 변하고, 숲 속을 거니는 사람은 순례자가 됩니다. 그래서 숲으로 들어가는 일을 신전으로 들어가는 것이라고 옛사람들은 말했겠지요.

숲의 겨울 채비는 그 구성원만큼이나 제각각입니다. 숲을 이루는 식솔들의 겨울 채비는 추위가 닥쳐서야 시작되는 것은 아닙니다. 우리네 월동 준비하고는 다르지요. 오히려 무르익는 봄철에 그해 가을도 아닌 다음해 피울 꽃눈을 준비하거나, 불볕 더위가 한참인 여름에 다다음해 터트릴 솔방울을 잉태해 놓습니다. 나무들의 계획성과 준비성에 감탄을 넘어 두려운 마음조차 듭니다. 내년에 닥칠 일, 아니 내달에 닥칠 일조차 옳게 헤아리지 못하고 그저 정신 없이 흘려 보내는 우리네 일상과 비교하면 더욱 그렇지요.

숲의 겨우살이 채비

숲의 겨울 채비는 그 구성원만큼이나 제각각입니다. 숲을 이루는 식솔들의 겨울 채비는 추위가 닥쳐서야 시작되는 것은 아닙니다. 우리네 월동 준비하고는 다르지요. 오히려 무르익는 봄철에 그해 가을도 아닌 다음해 피울 꽃눈을 준비하거나, 불볕 더위가 한참인 여름에 다다음해 터트릴 솔방울을 잉태해 놓습니다. 나무들의 계획성과 준비성에 감탄을 넘어 두려운 마음조차 듭니다. 내년에 닥칠 일, 아니 내달에 닥칠 일조차 옳게 헤아리지 못하고 그저 정신 없이 흘려 보내는 우리네 일상과 비교하면 더욱 그렇지요.

　하얗게 내려앉은 숲 바닥의 무서리가 겨울을 재촉합니다. 온
통 회갈색으로 변한 자연은 적막하기조차 합니다. 산중턱에 자
리잡은 참나무 숲도 고요합니다. 소나무가 남몰래 갈색으로 변
한 솔가리를 벗듯이 이 땅에 자라는 대부분의 넓은잎나무들은
그들이 지녔던 수많은 잎을 가을에는 떨굽니다. 그래서 벌거벗
은 채로 겨울을 납니다. 그러나 참나무는 다릅니다. 이들은 반대
로 가을바람에 단풍 든 잎을 낙엽으로 떨어트리지 않으려고 남
몰래 애를 씁니다. 참나무도 나이를 먹으면 대부분 잎을 떨구지
만 어릴 적에는 겨우내 잎을 가지 끝에 달고 있게끔 떨켜층을 발
달시키지 않습니다.

　참나무 숲에서 겨울 식량 준비로 편한 날이 없던 다람쥐와 어
치(산까치)의 땅속 도토리 비축도 거의 끝났나 봅니다. 온 숲을 싸
다니면서 부산을 떨던 모습이 한결 뜸해졌군요. 갈참나무, 졸참
나무, 굴참나무, 떡갈나무, 상수리나무, 신갈나무 같은 참나무

숲 가족은 그네들이 열심히 생산했던 도토리가 다람쥐와 어치의 겨울 식량으로 저장된 것에 유감이 없습니다. 오히려 더 기뻐하고 있을 겁니다.

다람쥐는 굴 근처에, 어치는 숲 바닥 여기저기에 땅을 파서 도토리를 묻어 둡니다. 다행스러운 점은 다람쥐와 어치 모두 기억력이 좋지 못해 땅속에 묻어 둔 도토리를 다 찾아 내지 못한다는 것입니다. 그래서 봄이 되면 다람쥐와 어치가 찾지 못한 땅속의 도토리에서 싹이 틉니다. 결국 참나무는 다람쥐와 어치에게 먹이를 제공하고, 다람쥐와 어치는 참나무의 자손을 퍼뜨리는 데 도움을 주는 셈입니다. 아마도 참나무 숲의 식솔은 다람쥐와 어치가 겨울에 대비하기 위해 도토리를 땅속에 저장한다는 사실을 오래 전부터 익히 알고 있었을 겁니다.

숲을 지나는 바람소리도 스산합니다. 겨울이 멀지 않았다는 징조입니다. 이때쯤이면 깊은 산 솔밭에서 송이밭을 밤낮으로 지키던 노인도 하산 채비를 합니다. 하산 채비라는 것은 별것이

136

아닙니다. 가을 한철 켜켜이 쌓인 솔가리를 뚫고 머리를 내밀던 송이들의 밭을 정리하는 일입니다. 송이 채취로 들쑤셔 둔 송이 밭을 가만히 다져 주거나 숲 바닥에 맨흙 알갱이가 나오도록 솔 가리를 긁어 주는 일입니다. 떨어진 솔씨가 내년에 새싹을 쉽게 틔우게 하기 위해서지요.

노인의 이런 잔손질 덕분에 그 솔밭은 다른 이의 솔밭과는 많이 다릅니다. 씨앗을 틔우고 애솔을 키워 내지 못해서 나이 먹은 소나무만 숲을 지키는 다른 이의 솔밭과는 달리 노인의 솔밭은 어린 솔은 물론이고 낙락장송과 쭉 뻗은 멋진 강송들이 층층이 어울려 있습니다.

솔밭을 긁어 주는 노인의 이런 지혜는 하루아침에 생긴 게 아닙니다. 임종 머리맡에서야 송이밭의 위치를 자식에게 알려 준다는 이야기가 있을 정도로 송이는 산골 사람의 귀중한 재산입니다. 선친으로부터 송이밭의 은밀한 위치를 전수받았을 때, 송이 채취를 끝낸 뒤 솔밭을 어떻게 가꾸어야 하는지에 대한 가르

침도 함께 새겼음이 틀림없습니다. 다른 이들이 좋은 송이를 내지 못한다고 애꿎은 솔밭만 탓하고 있을 때, 노인의 솔밭은 이런 숨은 노력 덕분에 변함없이 싱싱하고 굵은 송이를 해마다 생산합니다. 손바닥만한 밭떼기뿐인 두메산골에서 자식들을 대학 교육까지 시킬 수 있었던 것도 아마 대를 이어 솔밭을 가꾸는 이런 비책 덕분인지 모릅니다.

천지 만물은 조금만 유의해서 들여다보면 그물망처럼 촘촘히 서로 얽혀 있음을 알게 됩니다. 숲을 지키는 나무들도 저 홀로 존재하지 않지요. 다람쥐와 어치의 가을걷이가 있기에 참나무가 대를 이어가듯이 가을철에 솔숲 바닥을 긁어 주는 인간의 도움이 있기에 솔숲은 젊음을 유지하며 계속하여 송이를 생산하는 것입니다.

하루하루 속도전에 내몰리고 있는 우리네 삶에서 자연을 관조하며 그 미묘한 변화에 관심을 두는 것은 무의미한 일로 치부되기 쉽습니다. 그러나 숲을 비롯한 주변의 자연에는 공리적으로 셈할 수 없는 그 무엇이 있습니다. 그 중 하나가 온갖 만물이 그 물망처럼 서로 연결되어 있음을 자각할 수 있는 생태학적 직관과 상상력은 아닐까요?

솔숲을 가르는 바람소리

겨울 숲의 소리는 스산합니다만 한편으로는 비장함이 깃들어 있어서 좋습니다. 북쪽에서 불어오는 빠르고 센 된바람은 숲 속이라고 해서 예외는 아닙니다. 이 된바람을 안으면 얼얼함이 전신에 퍼지지요. 매운 풋고추를 입에 물었을 때 뱃속까지 아릿해지는 것처럼요. 겨울바람은 그렇게 독하고 찹니다. 그래서 숲의 소리를 듣길 원하면 겨울이 제격이라고 하는가 봅니다. 곧추선 정신으로 자연의 소리를 가감 없이 듣는 것이죠. 겨울 숲은 이처럼 그 소리에조차 강건함과 냉정함이 서려 있습니다.

서릿발 하얗게 뻗친 낙엽을 밟으면서 숲길을 걷던 때를 한 번 떠올려 보세요. 얼음장 밑을 흐르는 계곡의 물소리를 생각해 보세요. 겨울 숲이 연출하는 소리들—푸른 창공을 가로지르는 그 소리, 언 대지를 밟는 그 소리, 그리고 개울을 지나는 그 소리야 말로 자연이 선사하는 최고의 선물임을 한 번이라도 느껴 보기엔 사실 우리는 너무나 오랫동안, 그리고 너무나 철저하게 인공의 소리에 길들어져 있었던 것은 아닌지요.

숲이 만드는 소리는 그 숲이 어디에 자리잡고 있는가에 따라 다릅니다. 능선비탈이나 마루금의 숲을 지나는 겨울바람은 조급합니다. 그래서 가는바람이나 산들바람처럼 여유를 부릴 틈이 없습니다. '쌩, 쏴쏴, 쐐, 씽씽……'. 숲을 지나면서 그저 바쁘고 빠른 소리를 만듭니다. 산록이나 계곡을 지나는 바람소리는 마루금을 지나는 바람소리에 비해서 그렇게 조급하지 않습니다. 조금은 편안한 소리를 즐길 수 있지요. '우—' 하고 말입니다.

숲을 이루는 나무 종류에 따라서도 숲이 만들어 내는 소리는 다릅니다. 겨울에도 잎을 달고 있는 참나무들은 약한 바람에도 소리를 냅니다. 그래서 쉽게 바삭거리고 버석댑니다. '스르륵, 서걱서걱, 소시락소시락……'. 이렇게 참나무 숲의 소리는 번잡스럽습니다. 참나무는 나이를 먹으면 대부분 잎을 떨구지만 어릴 적에는 겨우내 잎을 가지 끝에 달고 있습니다. 말라 버린 참나무 잎은 떨어지지 않고, 그대로 가지에 붙어 있기에 약한 바람에도 '사각사각', '서걱서걱' 소리를 냅니다. 이렇듯, 마른 참나무 잎은 참나무의 훌륭한 발성 기관입니다.

참나무의 마른 잎이 만들어 내는 소리를 들어보면 처음에는 다소 번잡스럽습니다. 그러나 조금만 참고 들으면 그런 번잡스러움은 어느 틈에 사라지고 그 사각 소리에도 나름의 질서가 있음을 느낄 수 있습니다. 바로 자연이 만들어 내는 화음이지요.

벌거벗은 잡목 숲의 소리는 여간 신경을 곤두세우지 않으면 쉽게 들을 수가 없습니다. 그러나 여기에도 예외는 있습니다. 강한 바람이 잡목 숲을 스쳐 지나면 그 소리는 굉장합니다. 가는 회초리가 종아리에 꽂힐 때 나는 소리처럼 높은 음색의 윙윙거리는 소리를 들을 수 있습니다.

숲이 만드는 소리 중에 솔숲이 만드는 소리는 격이 다릅니다. 사실 소나무 숲은 쉽게 소리를 내지 않습니다. 그러나 한 번 내면 잠든 영혼을 깨우듯 숲 전체가 웅장한 소리를 냅니다. 매운 바람이 솔숲을 가로지르면서 만들어 내는 '쏴야' 하는 솔바람소리는 영혼을 흔듭니다. 그래서 우리 어머니들은 솔잎을 가르는 장엄한 바람소리를 태아에게 들려주면서 시기와 증오, 원한을 가라앉히고자 솔밭에 정좌하여 태교를 하셨는지도 모릅니다.

다른 나무도 마찬가지입니다만, 특히 소나무는 바람이 있어야 제 값을 나타내는 것 같습니다. 어느 시인은 솔바람소리를 들을 줄 아는 귀라야 별들의 숨소리를 들을 수 있다고 했습니다. 솔바람소리가 오죽 영묘하면 밤하늘 별들의 숨소리까지 들을 수 있는 신묘한 귀를 가져야만 들을 수 있다고 했겠습니까! 솔바람소리를 들을 수 있는 사람은 우주의 소리를 들을 수 있는 사람입니

다. 바로 자연의 소리를 들을 수 있는 사람이란 얘기지요. 이처럼 소리에도 기품이 있습니다. 그래서 조상들은 송성(松聲)이나 송운(松韻)이라 하면서 솔바람소리를 특히 아꼈던 것일 테지요.

솔숲을 가르는 바람소리를 들으면서 당신은 행복합니다. 마른 가랑잎이 만드는 소리와 솔숲을 가르는 바람소리를 구별함으로써 당신은 더욱 행복해집니다. 비트의 속도가 인간의 속도를 규정하는 초고속 정보 통신의 이 시대, 느림의 가치를 대변하는 숲의 소리를 즐길 줄 아는 당신은 행복한 사람입니다.

겨울 숲, 수묵의 캔버스

겨울 숲은 수묵(水墨)의 세계입니다. 파스텔 그림처럼 청신한 신록이나, 유화처럼 현란한 단풍을 즐길 수 없지만 회갈색 톤의 농담으로 표현되는 겨울 숲은 겨울 숲대로 아름다움이 있습니다. 바로 수묵화가 안겨 주는 단순함, 소박함, 간결함의 아름다움을 겨울 숲에서도 느낄 수 있는 겁니다.

수묵의 세계, 겨울 숲은 햇살이 너무 투명한 맑은 날은 어울리지 않습니다. 이런 날은 회갈색 톤의 농담이 사라지고, 오히려 극명한 흑백의 대비만 눈을 어지럽히기 쉽습니다. 겨울 숲은 그래서 흐린 날이 제격입니다. 눈이라도 뿌리는 날에, 강한 북서풍이 함께 휘몰아치는 날에 접하는 겨울 숲의 모습은 우리들이 일상 봐 왔던 편안하고 안락한 숲의 모습이 아닙니다. 바로 회갈색 톤의 적막함이 우리 앞에 다가옵니다.

겨울 숲의 진수는 군더더기 없는 간결함에서 찾을 수 있습니다. 잎을 떨구고 곧추선 줄기의 단정함, 엄동설한을 이겨 내는 강건함! 겨울 숲의 또 다른 진면목은 숲을 지나는 찬바람에서 찾을 수 있습니다. 그 비정한 바람과 맞설 수 있는 강건함, 자연의 운행 속도에 순응할 수 있는 냉정함은 매너리즘에 젖어 있는 우리네 일상을 반성하게 만들고, 우리의 정신을 곧추세웁니다. 비정한 겨울 숲 바람에 비장함이 서려 있는 이유입니다.

눈이 쌓이기 시작하면 높은 산의 풍경은 보다 단순해집니다. 눈 쌓인 사면에 불규칙적으로 서 있는 나목들은 흰 캔버스 위에 회갈색 점이나 선으로 형상화된 그림과 다르지 않습니다. 자연 자체가 바로 거대한 한 폭의 그림으로, 그것도 단순하면서도 간결한 회색 톤의 추상화로 변하고 맙니다.

겨울 잡목 숲의 변신은 자연을 관조할 수 있는 여유를 지닌 사람이면 누구나 접할 수 있는 이 땅의 축복입니다. 내린 눈이 녹지 않고 오랫동안 쌓인 곳이면 더 좋습니다. 그래서 저는 눈 소식을 접하면, 고갯마루를 찾습니다. 강원도의 미시령, 한계령, 운두령, 구룡령, 대관령에서 바라보는 겨울 그림은 묘한 매력을 지니고 있습니다. 그 매력 때문에 찬 겨울바람도 눈 쌓인 겨울 숲을 찾는 것은 아닐까요?

눈 쌓인 숲 바닥은 겨울 숲만의 미덕입니다. 숲 바닥이 간결하면서도 소박한 화폭으로 변하지요. 거대한 풍광을 담을 수 있는 자연의 화폭을 상상하면, 자연의 무궁무진한 표현력에 가슴이 떨립니다.

겨울 숲의 참모습을 가슴에 담고자 오랜만에 폭설이 내린 다음날 오대산과 대관령을 찾았습니다. '雨中月精 雪中五臺(비 오는 날은 월정사에서 바라본 풍광이 최고요, 눈 오는 날은 오대산에서 바라보는 풍광

이 최고'라는 구절은 겨울 오대산의 풍광이 예사롭지 않음을 묘사한 것입니다. 예로부터 월정사 스님들께 전해 내려오는 이 말은 오대산의 겨울 숲 풍광에 그대로 적용됩니다. 상원사 앞뜰에서 남동쪽으로 시선을 돌릴 때 눈에 들어오는 잡목 숲이 바로 그런 숲입니다. 탁 트인 시야에 나타나는 잡목 숲의 풍광은 자연만이 창조할 수 있는 그림입니다. 거대한 화폭의 추상화가 우리 눈앞에 놓인 듯한 착각을 만들어 냅니다. 그 간결한 구성에, 그 소박한 절제에 압도될 수밖에 없습니다.

겨울 숲이 연출하는 이런 간결함과 소박함, 그리고 적막함은 복잡한 머릿속을 정리하는 청량제입니다. 찬 북서풍은 온갖 방향으로 날뛰던 원색의 욕망을 잠재웁니다. 눈앞에 펼쳐진 광대한 풍광은 세속에 찌든 심신을 새롭게 소생시킵니다.

대관령의 마루금에서 바라보는 겨울 소나무 숲은 오대산의 겨울 풍광과는 또 다릅니다. 흰 캔버스에 잡목 숲은 추상화의 배경 그림이 되고, 그 사이사이에 당당하게 서 있는 소나무 숲을 한 번 둘러보면 지금껏 봐 왔던 왜소한 소나무, 굽은 소나무와 다른 무엇을 느낄 수 있습니다. 눈 쌓인 소나무 숲을 거닐다 보면, 비굴해지고 왜소해진 우리의 자화상이 건강하고 당당한 자아로 되돌아감을 느낄 수 있습니다. 겨울 솔숲의 강건한 기개와 꺾이지 않는 기상이 우리 가슴속으로 스며든 덕분입니다. 하긴 대관령 솔숲의 이런 강건한 기개와 꺾이지 않는 기상은 그저 생긴 것은 아닙니다. 백두대간의 마루금을 넘어오는 찬 북서풍에 한 순간도 꺾이지 않고 당당히 맞서 왔던 대관령 소나무의 강단이 모인 것이지요. 어느 한 소나무도 굽은 나무가 없는 그 자태가 놀랍습니다. 그 풍광에 새로운 각오를 다집니다. 거친 세월을 이겨 낼 마음의 준비를 합니다.

겨울새와 함께 나눈 설경

벌써 15년이나 지난 일이네요. 하지만 아직도 기억이 생생합니다. 캄캄한 밤중에 눈에 불을 켠 야생 동물들을 가까이서 바라본 그 충격적인 경험을 어떻게 잊을 수 있겠습니까?

15년 전 그때 네팔 국경 가까운 곳에 자리잡은 인도 임업시험장에서 국제학회가 열렸습니다. 저녁 식사를 마친 후, 참석 인원은 삼삼오오 코끼리 등에 마련된 의자에 앉아서 숲으로 향하는 이벤트에 참여했습니다. 주최측에서 마련한 것이지요. 숲에는 이미 칠흑 같은 어둠이 깔렸습니다. 그 넓은 밤하늘은 별로 가득

차서 비어 있는 구석이라곤 없었습니다. 은하수가 흐르는 강을 따라 뿌려진 영롱한 별들은 그 자체만으로도 생전 처음 경험하는 신비로움이었습니다. 저는 이제까지 그렇게 빛나고 그렇게 빛으로 가득 찬 밤하늘을 본 적이 없습니다.

그러나 그것은 시작에 불과했습니다. 코끼리를 탄 지 얼마나 되었을까요. 멀리서 야생 동물의 울음소리가 들리기 시작했고, 그때부터 모두들 긴장하여 침묵으로 어둠 속을 주시하였습니다. 이윽고 여러 쌍의 불꽃이 나타났습니다. 어떤 불꽃은 고정되어 있고, 어떤 불꽃은 움직였습니다. 형체가 불분명하지만 날렵한 동물들의 매서운 눈빛과 살벌한 생존 경쟁의 현장을 느낄 수 있었습니다.

어린 시절 산을 자주 찾았던 덕에 산토끼, 다람쥐, 노루, 어치, 박새, 산비둘기 같은 작은 야생 동물은 제게도 익숙합니다. 그러나 어릴 적의 호기심은 야생 동물들과 교감을 나누면서 얻는 정신적 기쁨보다는 오히려 이들을 쫓거나 잡는 데 마음을 쓰게 만들었습니다. 물질적 욕심이 앞섰던 게지요. 야생 동물과 교감을 나눈 경험은 오히려 근래의 일입니다.

사나운 눈보라가 한바탕 내린 뒤 북악에서 만난 곤줄박이 가족과의 교감이 그 한 예입니다. '마음이 속되지 않고, 게으르지 않고, 그리고 평화로울 때, 우리 눈에 보이는 모든 것이 비로소 아름다워진다.'는 글귀를 음미하면서 눈 쌓인 숲길을 걸었습니다. 발등까지 빠지는 눈길을 헤치면서 숲을 찾는 기분은 새로웠습니다. 정릉 골짝과 북악 골짝의 갈림길을 잇는 능선 마루금은 언제나 거친 숨을 가라앉히고 흘린 땀을 식히는 저만의 쉼터입니다. 그러나 그 눈 내리는 오후에는 저만의 쉼터를 다른 객들이 이미 차지하고 있었습니다. 네 마리의 곤줄박이 가족이 그들이었습니다. 보통 때면 조금만 소리를 내거나 가까이 다가가는 시늉만 해도 멀어지는 것이 그들입니다만, 눈 내린 날은 달랐습니다. 아마 하얀 세상으로 변한 겨울 풍경을 담고자 속된 마음을 버리고, 또 부지런을 떨면서 나선 제 모습이 혹 평화롭게 보여서

낯을 가리는 새들조차 쉽게 마음을 허락했는지 모르겠습니다.

저는 새가 되었습니다. 공기를 가로지르면서 산마루를 넘고, 푸른 창공으로 솟구쳤습니다. 자연의 모든 소리와 움직임을 오관으로 느꼈습니다. 어느 틈에 저 자신도 곤줄박이 가족이 되었습니다.

그래서였겠지요. 곤줄박이 가족과 함께 한 시간이 꽤 오랫동안 지속되었습니다. 이방인인 저를 동료인 양 받아들이면서 먹이를 먹고 재잘거리는 모습을 지척에서 지켜보는 것은 한마디로 말해 황홀했습니다.

이와 비슷한 경험은 또 있습니다.

오대산 상원사에서 적멸보궁에 이르는 가을 숲길은 아름다웠습니다. 새벽같이 나선 걸음이었기에 산을 찾는 인파도 없었습니다. 한적하다 못해 오히려 사람이 그리울 지경이었습니다. 서대사를 지나 능선에 이르는 가파른 경삿길은 걸음을 멈추게 만들었습니다. 숨을 가다듬고 있을 때, 한가하게 놀고 있는 다람쥐가 바로 곁에 있었습니다. 인적이라곤 없는 산길에서 만난 다람 쥐라 반가웠습니다. 다람쥐도 나를 괘념치 않는 기색이었습니다. 재주를 넘고, 양식을 모으는 모습이 유난히 평화스럽게 보였습니다. 그 모습을 몇 장의 사진에 담고, 다시 걸음을 시작했습니다. 다람쥐도 걸음을 시작했습니다. 녀석은 호기심 많은 장난꾸러기처럼 제 주변을 맴돌았습니다. 제풀에 지쳐서 곧 사라지리라 생각했는데 그 귀여운 녀석과의 동행은 적멸보궁까지 이어졌습니다.

무엇을 열렬히 사랑한다면, 어떤 것들과도 함께 할 수 있다는 이야기가 생각났습니다. 적멸보궁에 참배를 한 후 비로봉을 향한 길에서는 더 이상 다람쥐와의 동행이 이어지지 못했습니다. 관광 회사에서 몰려온 떼거리 등산객들의 소음 때문이었습니다.

자연주의를 창안한 코넬 박사는 인간과 야생 동물 사이에도 신뢰 관계를 싹틔울 수 있다고 주장합니다. 그는 이렇게 말합니다.

"우선 마음을 조용히 가라앉히고 주변에 있는 동물들에게 충심으로 고마움을 전하라. 그리고 동물의 소리를 가만히 들어 보라. 사슴이나 다람쥐에게 속삭이듯 달래는 듯 반복해서 이야기하라. 야생 동물에게 보다 가까이 다가가고자 할 때, 똑바로 가기보다는 옆으로 조금 돌아서 다가가라. 그래서 아무런 해도 끼치지 않고 그저 길을 가로질러 건너는 중이라는 인상을 동물들에게 주어라. 동물들을 직시하기보다는 곁눈으로 보아라. 만일 이런 습관을 가지고 동물을 대하면 그들은 언제나 당신이 어디에 있는지 알 수 있으며, 당신과 친숙하게 될 것이다."

코넬 박사는 이런 태도로 신뢰 관계가 싹트기 시작하면, 야생 동물들은 마침내 우리를 받아들인다고 주장합니다. 그러면서 야생 초원에서 조우했던 세 마리의 사슴과 여러 시간 동안 함께 했던 친구 데니 올슨의 경험을 사례로 들려주고 있습니다. "사슴들은 종국에는 올슨을 완벽하게 동료로 받아들였고, 그래서 다리를 뻗고 쉬는 밤이 되었을 때, 위험물에 대한 감시를 각자가 한 방향씩 맡아서 할 때, 그들은 데니에게 네 번째 방향을 맡기기까지 했다."고 말입니다.

몇 해 전 여름 미국 워싱턴 주의 올림픽 국립공원에서 사슴과 함께 했던 시간도 말씀드릴 만한 경험입니다. 시트카 가문비나무, 더글러스 퍼, 서양솔송나무들이 촘촘히 자라는 온대우림 속에 솟아 있는 허리케인 릿지는 높은 해발 고도 때문에 공원을 찾는 이들에게 인기가 있는 장소입니다. 산정에서 바라보는 만년설의 풍광은 아름답고, 조금만 걸으면 수목한계선에 다가갈 수 있기에 많은 방문객이 이곳을 찾습니다. 이곳에는 야생 동물이 많습니다. 루즈벨트 엘크라는 사슴도 이곳에서 흔히 볼 수 있는 야생 동물입니다. 이 사슴은 덩치는 크지만 대개 사람이 가까이 가면 피합니다. 두려운 것이지요. 하지만 우리 가족은 이들과 초원에서 자연스럽게 만났습니다. 코넬 박사의 조언에 따라 짧은 시간이지만 신뢰 관계를 싹틔웠고, 우리들의 숲 속 산책은 사슴 몇 마리와의 동행으로 이어졌습니다.

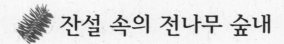 잔설 속의 전나무 숲내

높은 산의 전나무 숲에는 아직도 잔설이 쌓여 있습니다. 하지만 양지쪽의 전나무 가지는 따뜻한 햇살 덕분에 원래의 푸른 모습을 살풋이 드러내고 있습니다. 눈이 녹은 양지쪽으로 걸음을 옮길 때마다 도시에서는 느낄 수 없는 새로운 것이 우리를 맞습니다. 무어라고 표현을 해야 할까요? 감미롭다고 할까요, 싱그럽다고 할까요. 그것은 색도 형체도 없으면서 코끝을 자극하는 경이로움입니다. 자연만이 간직할 수 있는 신비입니다. 바로 전나무 숲 고유의 향기지요.

퍼석거리는 잔설 위로 걸음을 옮길 때마다 싱그러운 향기가 코끝을 간질이는 것을 한 번 상상해 보십시오. 폭설에 꺾인 전나무의 푸른 가지가 겨우내 눈 속에 갇혀 있으면서 조금씩 조금씩 비축했던 향기입니다. 눈 속에 갇혀 있던 방향성 향기가 잔설이 녹으면서 세상 밖으로 나오는 것입니다.

어느 해인가 3월이었습니다. 잔설과 철늦은 눈 때문에 질퍽거리는 월정사의 전나무 숲을 학생들과 거닐 때 만났던 숲의 향기는 그때껏 경험해 보지 못한 정말 새로운 것이었습니다. 잔설이 쌓인 그 숲길을 걷고 난 뒤, 각자의 느낌을 한 단어로 표현해 보라고 권했습니다. 학생들은 저마다 전나무 숲의 특징을 강건함, 평화, 생명력, 녹색으로 표현하였습니다. 저는 월정사의 전나무 숲을 '향기'로 표현하였습니다. 학생들은 자신들과 전혀 다른 나의 정의를 의아해하였습니다. 그래서 부언 설명을 하였습니다.

"이 숲은 가장 한국적인 향기를 지닌 숲입니다. 그래서 이 숲의 특징을 향기라는 단어로 표현해 본 겁니다."

월정사의 전나무 숲이 가장 한국적인 냄새를 지닌 숲이 된 사연은 10여 년 전으로 거슬러 올라갑니다. 그때 저는 미국 타호 시내에서 승용차로 반시간 거리에 위치한 스탠포드 대학교의 휴양원에서 개최된 학술회의 덕분에 1주일 정도 해발 2,000m의 고산 지대에서 묵게 되었습니다. 캘리포니아 특유의 청명한 날씨와 푸르고 높은 하늘, 고산 지대의 울창한 산림과 맑은 물, 신선한 공기 속에서 생활한다는 것은 꿈만 같았습니다.

　　학술회의 기간 중에 할애된 반나절의 자유 시간에 함께 공부했던 옛 친구와 가까운 산봉우리로 오붓이 소풍을 가게 되었습니다. 한 시간 정도 오르자 주변이 우람한 폰데로사 소나무로 울창하였습니다. 갑자기 친구가 나무 껍질에 코를 대고 냄새를 맡으면서 저에게도 권했습니다. 그렇게 했더니, 소나무 특유의 냄새와 더불어 보통의 송진 냄새와는 다른 특이한 내음이 코를 진동하면서 허파꽈리로 가득 퍼졌습니다. 마침내 새로운 향기가 온몸 곳곳으로 깊이 퍼져 나갔습니다. 나무나 숲이 각각 고유한 향기를 지니고 있다는 것을 새삼 깨닫게 되었습니다.

　몇 해 뒤 옛 친구가 학술회의 참석 길에 한국을 잠시 들렀습니다. 가장 한국적인 곳을 보고 싶다는 친구의 청에 따라 새벽같이 차를 몰아 오대산으로 향했습니다. 주말이 아닌 평일의 오대산은 한적하다 못해 적막하기까지 하였습니다. 더구나 단풍철이 지난 초겨울의 오전이라, 우리 두 사람을 위해 산이 텅 비어 있는 느낌마저 들었습니다. 월정사 일대의 전나무 숲을 거닐면서 친구는 독특한 향기가 난다며 떨어진 잎이 수북히 쌓여 있는 숲 바닥이나 나무 껍질에 코를 대어보고, 잎을 짓이겨서 냄새를 맡곤 하면서 향기가 아주 좋다고 하였습니다. 그 순간 저는 몇 해 전 친구가 레이크 타호의 숲에서 미국의 냄새라면서 폰데로사 소나무 향기를 경험하게 해주었던 생각이 불현듯 떠올랐습니다. 그래서 전나무에서 맡고 느끼는 이 향기가 바로 한국의·냄새라고 겸연쩍게 말해 주었습니다. 이래서 월정사의 전나무 숲 향기는 가장 한국적인 냄새가 되었지요, 하하.

숲을 남보다 많이 찾고 숲을 대상으로 학문을 한다는 명색 산림학도가 제 나라 숲이나 나무가 지니고 있는 독특한 향기도 인식 못하고, 그 냄새의 진귀함을 이국인이 먼저 느끼고 찾아내고 마침내는 흠씬 취하다 못해 부러워할 때 비로소 깨우친 것입니다. 그때의 부끄러움은 내 가슴속에서 오랫동안 지워지지 않았습니다.

그런 일이 있은 뒤, 잡지에 연재할 글 때문에 일본 기소의 편백 숲을 다녀올 기회가 있었습니다. 편백으로 지은 오래된 전통 가옥에서 민박을 하였는데 집 전체를 감미로운 향기가 감싸고 있었습니다. 통나무로 만든, 꼭 한 사람 들어 갈 만한 재래식 욕조에서도 그 향기는 이어졌습니다. 그러나 향기의 정체는 알 수 없었습니다.

다음날 아침 일찍 편백 숲에 나와서야 밤새 경험했던 향기의 정체를 알 수 있었습니다. 그것은 편백의 바늘잎에서 뿜어져 나온 편백 숲 고유의 내음이었습니다. 탄소와 수소가 결합된 테르펜이라는 화학 물질이 만들어 내는 방향성 물질이 그 향기의 정체였습니다. 민박집은 물론이고 욕조까지도 향기 좋은 편백으로 만들었음은 물론이고요.

재목으로 쓴 나무의 향기를 말하자니 기억나는 이야기가 있습니다. 젊은 목수 김진송 선생은 소나무, 전나무, 잣나무, 낙엽송은 비슷한 냄새가 난다고 했습니다. 그럴 것입니다. 바늘잎나무들이 가진 방향성 성분은 나무를 켜고 말린 뒤에는 크게 다르지 않을 것입니다. 반면에 김선생은 넓은잎나무들의 목재에서는 각기 독특한 냄새를 가려내 말합니다. 젖은 은행나무는 옅은 밤꽃 냄새가 나지만 잘 건조된 나무에서는 비릿한 냄새가 나며, 오래된 느티나무는 향나무보다 은은하고 품위 있는 냄새가 난다고 했습니다. 그리고 "참나무는 매캐하고, 대추나무는 구수하다고 말할 수도 있겠지만, 대체로 나무의 냄새들은 달짝지근하고 풋풋하고 비릿하고 시큼하고 싸한 수십 가지의 냄새들이 뒤섞여 있다."고 했습니다. 나는 그분의 예민한 관찰력이 부러웠습니

다. 마른 재목이 지닌 냄새가 이럴진대 살아 있는 나무가 만드는 냄새는 어떻겠습니까?

숲이 지닌 고유한 냄새에 대한 기억은 숲을 찾을 때마다 나를 따라 다닙니다. 그래서 소나무 숲, 낙엽송 숲, 잣나무 숲처럼 바늘잎나무들이 자라는 숲이거나 참나무 숲, 단풍나무 숲, 자작나무 숲처럼 넓은잎나무들이 자라는 숲이거나를 가리지 않고 숲에서는 언제나 심호흡을 하는 습관을 갖게 되었습니다.

숲의 오감 체험

오감을 통해서 봄·여름·가을·겨울 숲을 즐기고 가슴에 담는 방법을 이미 앞에서 개인적 체험을 예로 들며 이야기했습니다만, 다시 한 번 정리해 봅니다.

오감으로 자연 받아들이기

 숲 소리 듣기

- 잠시 걸음을 멈추고 숲 바닥에 앉거나 나무에 기댄다.
- 눈을 감고 1분 정도 조용히 주변 소리를 듣는다.
- 들은 소리를 새소리, 벌레소리, 바람소리, 기타 소리(솔방울 떨어지는 소리, 나뭇잎 흔들리는 소리 등)로 구별해 본다.
- 자연이 만드는 화음을 느끼고 즐긴다.
- 언어로 표현해 본다.

🍃 나무 소리 듣기

– 숲 속에 있는 줄기가 굵은 나무를 정한다.

– 청진기나 귀를 나무줄기에 대어 본다.

– 줄기의 부름켜로 흐르는 물소리를 들어 본다.

– 지상 수십 미터까지 물을 끌어올리는 나무의 능력을 찬미해 본다.

– 나무 몸통 속을 흐르는 물소리를 언어로 표현해 본다.

🍃 심호흡하기

– 허파꽈리 속에 들어 있는 묵은 공기를 최대한 뱉는다.

– 숲 속의 공기를 한껏 마셔서 허파꽈리를 최대한 팽창시킨다.

– 10여 회 계속한다.

– 공기의 맛을 음미한다.

– 들이킨 산소가 핏줄을 따라 온몸으로 퍼지는 것을 느껴 본다.

– 도시 공기와 숲 공기의 차이점을 생각해 본다.

– 신선한 공기 맛을 언어로 표현해 본다.

🍃 냄새 맡기

- 나무, 꽃, 풀, 잎의 냄새를 맡는다.

- 흙, 물, 공기의 냄새를 맡는다.

- 고유 수종으로 구성된 숲마다의 독특한 냄새를 구별해 본다.

- 제 각각의 냄새를 음미한다.

- 좋은 향기와 역겨운 냄새를 구별해 본다.

- 향기나 냄새를 언어로 표현해 본다.

🍃 색깔 감상하기

- 계절에 따른 나무들의 색깔 변신에 관심을 둔다.

- 봄, 여름, 가을, 겨울 숲이 지닌 대표적인 색을 감상한다.

- 같은 나무라도 위치에 따라 각기 다른 꽃눈, 잎눈, 잎, 가지,
  단풍의 차이를 감상한다.

- 나무나 숲이 표현하는 녹색 또는 연두색의 미묘한 차이를
  구분해 본다.

- 같은 산이라도 제각각 다른 녹색 또는 단풍 현상에 주목한다.

- 나무, 잎, 꽃, 숲의 색깔을 언어로 다양하게 표현해 본다.

🍃 맨발로 대화하기

– 맨발로 각기 다른 숲 바닥(맨흙, 마사토, 바위, 낙엽)을 걸어 본다.

– 봄, 여름, 가을, 겨울에 숲길을 맨발로 걸어 본다.

– 맨발로 계곡길을 걸어 본다.

– 흐르는 개울물에 발을 담그고, 물살의 감촉을 느껴 본다.

– 발로 전해진 다양한 감각을 언어로 표현해 본다.

🍃 손으로 대화하기

– 나뭇잎(표면과 이면)의 다양한 질감을 손으로 느껴 본다.

– 나무줄기의 다양한 표면을 손바닥으로 쓰다듬어 본다.

– 가시에 찔려 본다.

– 도토리나 솔방울과 같은 다양한 종류의 나무 열매를 만져 본다.

– 눈을 감고 촉감을 음미한다.

– 다양한 언어로 촉감을 표현해 본다.

자연과 일체되기

🌿 우리는 모두 하나다

– 나의 들숨 속에 들어 있는 산소는 나무에서 나왔음을 떠올린다.

– 나의 날숨 속에 들어 있는 이산화탄소는 나무가 들이쉰다는 것을
  떠올린다.

– 산소와 이산화탄소로 맺어진 사람과 나무 사이의 관계를 생각한다.

– 다람쥐의 식량인 도토리에 들어 있는 이산화탄소를 생각한다.

– 나의 날숨 속에 들어 있던 이산화탄소가 참나무의 도토리로
  만들어졌음을 상상한다.

– 도토리를 먹은 다람쥐의 배설물이 무기물로 변해서 나무의 먹이가
  되는 것을 상상한다.

– 사람과 참나무와 다람쥐(인간과 식물과 동물) 사이에 맺어진
  상호 관계를 생각한다.

– 이 세상 모든 것이 서로 밀접하게 연관되어 있음을 확인하며,
  그 속에서의 인간 위치를 생각한다.

– 우리 모두가 하나임을 상상한다.

이야기 나누기

- 나무만이 가진 특징(장구한 수명, 우주적 리듬의 재현,
  거대한 덩치, 매년 반복되는 다산성)을 상찬한다.
- 숲만이 가진 특징(생명 지지체, 생태계의 중심축, 생물 다양성의
  모태 등)을 상찬한다.
- 자연이 우리에게 안겨 주는 마음의 풍요를 상찬한다.
- 마음속으로 이러한 상찬을 되새겨 본다.
- 입 속으로 이러한 상찬을 중얼거려 본다.
- 자연을 상찬한 아름다운 시나 노래를 읊조린다.
- 나무와 숲과 자연에 고마운 마음을 언어로 표현해 본다.

자연의 질서에 순응하기

 바람

- 대기 변화에 관심을 둔다.

- 나무나 잎이 흔들리는 것을 유심히 관찰한다.

- 바람 부는 날, 바람에 온몸을 맡겨 본다.

- 잎, 가지, 나무들이 내는 바람소리를 듣는다.

- 바람소리에서 화음을 찾아 즐긴다.

 비

- 비를 맞아 본다.

- 이슬비, 가랑비, 장대비, 여우비를 구별해 본다.

- 온몸으로 스며드는 한기를 느껴 본다.

- 빗물 맛을 본다.

- 빗물에 젖은 숲 바닥을 맨발로 걸어 본다.

- 내리는 빗물에 온몸을 맡기고 있는 식물과 동물을 생각해 본다.

- 내리는 빗물이 만드는 나뭇잎의 화음을 즐겨 본다.

눈

- 싸락눈, 함박눈, 소낙눈을 구별해 본다.
- 머리와 어깨에 쌓인 눈을 그대로 둔다.
- 눈밭에 뒹굴어 본다.
- 눈맛을 본다.
- 눈싸움을 해본다.
- 눈을 즐긴다.

 밤

- 조명 없이 한밤중에 숲길을 걸어 본다.
- 캄캄한 어둠을 응시해 본다.
- 밤하늘의 별들을 관찰한다.
- 수만, 수십만 광년의 거리를 지나온 별빛의 의미를 생각해 본다.
- 어둠에 적응한 식물과 동물의 능력을 생각한다.
- 우주적 리듬에 순응하는 방식을 생각한다.

더위

- 땡볕에 온몸을 맡겨 본다.
- 땀방울의 맛을 본다.
- 땀으로 젖은 옷을 체온으로 말려 본다.
- 갈증을 샘물로 푼다.
- 다른 식물과 동물들이 더위를 이겨 내는 방식을 떠올린다.